KB040496

일리아스

돋을새김 푸른책장 시리즈 009

일리아스 [개정 2판]

초판 발행   2007년 11월 5일
개정 2판 1쇄 2024년 3월 5일

지은이 | 호메로스
편역자 | 임명현
발행인 | 권오현

펴낸곳 | 돋을새김
주소 | 경기도 고양시 일산동구 하늘마을로 57-9 K씨티빌딩 301호
전화 | 031-977-1854 팩스 | 031-976-1856
홈페이지 | http://blog.naver.com/doduls 전자우편 | doduls@naver.com
등록 | 1997.12.15. 제300-1997-140호
인쇄 | 금강인쇄(주)(031-943-0082)

ISBN 978-89-6167-347-1 (03900)
Copyright ⓒ 2024. 임명현

값 12,000원

*잘못된 책은 구입하신 서점에서 바꿔드립니다.
*이 책의 출판권은 도서출판 돋을새김에 있습니다. 돋을새김의 서면 승인 없는 무단
 전재 및 복제를 금합니다.

돋을새김
푸른책장
시 리 즈
0 0 9

일리아스

호메로스 | **임명현** 편역

돋을새김

호메로스

Ilias

그림으로 즐기는 **일리아스**

◀ 테티스의 아들인 아킬레우스.

▲ 주사위놀이를 하는 아킬레우스와 아이아스.
기원전 540~530년경.

▶ 트로이의 멸망 장면을 담은 도자기. 기원전 7세기 중반.

▼ 청동에 새긴 화려한 무늬가 아킬레우스의 방패와 흡사하다.
기원전 8세기경.

▲ 파리스의 심판. 기원전 560~550년경.
▼ 아킬레우스의 갑옷을 가질 사람을 정하기 위해 투표를 하는 전사들.

▶ 파트로클로스의 시신을 차지하기 위해 싸우는 아이아스와 헥토르.
▼ 아킬레우스의 갑옷과 투구를 놓고 싸우는 아이아스와 오디세우스.

▲ 헤파이스토스가 만든 무구를 아
킬레우스에게 건네는 테티스.
기원전 570~550년경.

◀ 그리스 군과 트로이 군의 밀집
대열. 기원전 650년경.

헥토르의 시신과 아킬레우스

현존하는 인류 최초, 최고의 서사시

일리아스 Ilias

오늘날 우리들에게 널리 알려져 있는 그리스 신화와 관련된 수 많은 이야기들은 주로 호메로스와 헤시오도스, 그리고 그리스 비 극 시인들의 작품을 통해 전해져온 것이다. 그중에서도 호메로스 가 남긴 〈일리아스〉와 〈오디세이아〉는 그리스 신화의 원천으로 손 꼽힌다.

24권, 1만 5천 행에 달하는 방대한 이야기를 담고 있는 호메로스 의 서사시는 신화의 세계를 정교하고 아름답게 풀어내고 있어, '문 학'의 원형이라고 부를 만한 위대한 인류의 고전으로 평가받는다.

이처럼 빛나는 인류의 고전은 '호메로스'라는 아주 특별한 감성 을 지닌 시인이 있었기 때문에 탄생할 수 있었다.

BC 3천 년경, 에게 해와 소아시아 지역에는 오늘날 서양 문명의 근원이 되는 크레타 문명과 미케네 문명이 잉태되고 있었다. 사람들은 새로운 문명이 시작되는 풍요로운 그 지역으로 모여 들었으며, 왕과 지배자들을 중심으로 자유로운 통치질서를 만들었다. 또한 뛰어난 영웅들은 모험과 전쟁을 통해 주변 지역으로 영향력을 확대시켰으며, 신을 숭배하고 제사를 지내는 종교적 행위를 통해 구원을 기도했다.

BC 9~8세기경 소아시아 지역에 살던 호메로스Homeros는 자신을 둘러싸고 있는 이 새로운 세계의 질서를 시인의 눈과 감성으로 관찰했다. 그리고 새로운 세계의 역동적인 변화라는 창을 통해 이 세상에서 가장 중심이 되는 인간의 내면세계를 들여다볼 수 있었던 것이다. 호메로스는 결국에는 죽어야 할 필멸의 운명을 타고난 인간이 궁극적으로는 어떤 모습일 것인가를 상상하고 유추하고, 그리고자 했던 것이다.

호메로스는 사유(思惟)의 지평을 넓혀 갔으며 그리고 그 사유의 결과물을 창작해 냈다. 그는 눈에 보이는 것만이 실재하는 것은 아님을 상상력을 동원해 입증해 보이고 싶었던 것이다. 그것은 어쩌면 자신도 정확히 인식하지 못하는 마음 저 깊은 곳에서 울려 나오는 소리를 들었기 때문이었을지도 모른다.

호메로스는 인간과 신을 주제로 그리스 본토와 소아시아의 트로이 사이에 일어난 전쟁 이야기를 서사시로 만들어, 그리스 주변 지역을 방랑하며 사람들에게 들려주었다.

서사시에는 삶과 죽음을 넘나드는 전쟁 속에서 펼쳐지는 영웅들의 이야기가 있다. 고결한 정신인 용기, 인내, 맹세가 있는 반면에 고통을 야기하는 두려움, 처절한 슬픔, 복수, 무모함, 그리고 아름다운 사랑이 펼쳐진다. 그의 서사시 속에는 그리스 인의 삶을 온통 지배하고 있던 변화무쌍하고 아름다운 신들의 이야기로 가득하다.

너무나 완벽했으며, 치밀하고, 열정적이었으며, 자극적이며 집요한 호메로스의 서사시는 당시 그리스 인들을 단숨에 사로잡았다. 살아 있는 듯한 생생한 묘사로 인해 실재인지 아니면 상상력으로 만들어진 것인지 분간되지 않는 그의 이야기는, 입에서 입으로 전해지고 암송되었으며 마침내 〈일리아스〉와 〈오디세이아〉라는 2권의 텍스트로 완성되었다.

〈일리아스〉와 〈오디세이아〉에서 펼쳐지는 신과 인간의 이야기는 이후 모든 그리스 인의 정신과 삶에 막대한 영향을 끼쳤다. 기원전 5세기경 플라톤과 아리스토텔레스가 활동하던 아테네에서는 〈일리아스〉의 영웅적 내용의 서사시를 배우고 암송하는 것이 교육의 과정이었다는 기록들이 남아 있을 정도였다. 축제가 열리는 곳에는 언제나 신과 영웅들의 행적을 노래하는 시인들이 있었으며 그리스 인의 무덤에는 영웅들의 행적이 묘사된 도자기와 화병들이 함께 매장되었다. 또한 여인들이 짜는 피륙에도 어김없이 이러한 장면들이 수놓아졌다.

〈일리아스〉의 수많은 장면들은 어느 것 하나 감동적이지 않은 것이 없다. 그중에서 대표적인 것으로 대장장이의 신 헤파이스토스에 의해 만들어진 아킬레우스의 방패를 묘사한 장면을 꼽는다(제18권). 여기에서 고대 그리스 인들이 꿈꾸었던 이상향의 모습이 어떤 것이었는지를 생생하게 그려볼 수 있다.

헤파이스토스는 다섯 겹의 청동으로 만든 방패 속에 영원히 사라지지 않을 세상을 구현했다. 그는 언젠가는 죽어야 할 운명을 안고 태어난 인간들이 사는 고귀한 두 도시를 조각해 넣었다. 하나의 도시에는 결혼식과 피로연이 열리고 있으며 또 다른 도시에는 두 개로 나뉜 군대가 무기를 들고 전쟁을 치를 준비를 하고 있다.

양편의 군사들은 강둑을 따라 맞서 싸운다. 그들은 서로에게 청동날이 박힌 창을 휘두른다. 그 외에 삼모작을 하는 기름진 밭이 새겨져 있어, 한 떼의 농부들이 앞뒤로 밭을 갈고 있으며 그들이 밭의 경계점에 이르러 다시 뒤돌아서려는 순간 한 남자가 잽싸게 뛰어나와 그들에게 달콤한 포도주 잔을 건넨다. 그러면 농부는 밭고랑을 따라 뒤돌아서서 저쪽 먼 밭의 끝을 향해 다시 재촉해 간다. 농부들 뒤편으로는 드넓은 대지가 검게 휘저어져 있었다.

호메로스는 황금으로 만들어진 대지가 마치 진짜처럼 보이는 것은, 바로 헤파이스토스의 놀라운 솜씨 때문이라고 묘사했다.

놀랍게도 그리스 시대의 유물 중에 호메로스의 묘사를 그대로 확인해볼 수 있는 청동 방패가 실제로 있다. 호메로스의 상상력이 청동 방패를 있게 했는지, 청동 방패가 호메로스의 상상력을 이끌어낸 원천이 되었는지는 알 수는 없지만 〈일리아스〉라는 정교한 그물망에서 우리는 호메로스가 그리는 영웅들의 자태와 용기, 슬픔, 올림포스 신들의 이야기, 그리고 고대 그리스 세계의 흔적을 찾아낼 수 있다. 그리고 바로 그러한 이야기가 오늘날 우리들로 하여금 〈일리아스〉에 빠져들게 만드는 매력인 것이다.

3천 년 전 호메로스라는 한 시인의 상상력으로 빚어진 〈일리아스〉와 〈오디세이아〉는 그리스 인들의 감성을 한껏 격발시켰으며, 그들의 절대적인 지지와 환호를 받으며 그들의 내면 속으로 그 뿌리를 내렸다. 그리고 '그리스 문화'라는 문명의 틀을 만들어낸 탄탄하고 풍성한 줄기가 되었다.

호메로스가 그려낸 인간의 모습은 오늘날 우리들이 구현해야 할 인간 본연의 모습이 되었다. 호메로스라는 시인이 존재하지 않았더라면 우리는 인간의 내면에 사유해야 할 근원적인 철학이 존재한다는 것을 영원히 몰랐을지도 모른다. 그의 열정적인 감성으로 인해 고대 세계에 일찍이 '문학'이라는 장르가 탄생되었으며 오늘날 우리들이 그것을 풍요롭게 향유할 수 있게 된 것이다.

『청소년을 위한 일리아스』는…

호메로스의 〈일리아스〉는 주도면밀한 구성력, 생생한 사실적 묘사, 자유롭고 독특한 문체로 정평이 나 있는 위대한 작품이다. 그러나 원전 〈일리아스〉가 지닌 문체의 아름다움을 채 느껴보기도 전에 읽기를 포기하게 만들 정도로 그 내용이 방대하다.

또한 호메로스의 문체의 특징인 중복 묘사*가 처음부터 끝까지 일관되게 이어진다는 점 역시 읽는 이의 인내를 요구한다.

그래서 이 책, 『청소년을 위한 일리아스』에서는 내용을 사건 중심으로 축약했음을 밝힌다. 또한 서사시로 구성되어 있는 것을 읽기 편한 산문 형식으로 풀어 썼으며, 권별로 중간 제목을 임의로 붙였다.

따라서 호메로스의 뛰어난 문체에서 다소 벗어나 있다는 것에 대해 독자들의 양해를 구한다. 그러나 〈일리아스〉에서 가장 아름답고, 매력적인 장면들은 빠짐없이 실었으며 원전에 가장 근접하게 정리되도록 노력했다. 또한 독자들이 읽으면서 궁금해할 그리스 신화와 관련된 이야기들과 주석을 달아, 드라마틱한 서사를 즐길 수 있도록 구성했음을 밝힌다.

---

* 빨리 달리는 전사, 아킬레우스 / 은족의 여신, 테티스 / 신과 인간들의 왕, 제우스 등등의 묘사.

| 차 례 |

들어가는 말 • 012

일러두기

이 책에서 열거한 그리스와 로마의 인명과 지명은 국립국어원의 외래어 표기법에 따라 그리스어나 라틴어 발음으로 표기해야 하는 것이 원칙이지만, 영어식 표기가 익숙한 일부의 경우에는 통용되는 발음대로 표기했다.

예)	그리스어 · 라틴어		영어
	트로이아(Troia)	→	트로이(Troy)
	올림포스(Olympos)	→	올림포스(Olympos)
	뤼키아(Lykia)	→	리키아(Lycia)

일리아스 Ilias

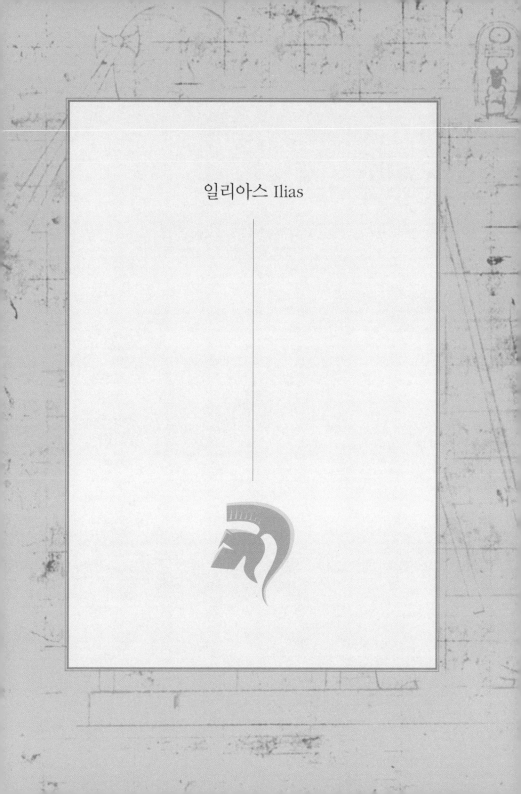

제1권

아킬레우스의 분노

……트로이 전쟁이 9년째 되는 해, 펠레우스의 아들인 아킬레우스의 분노로 인해 그리스 병사 수백 명은 엄청난 역병의 고통을 겪게 되었으며 마침내 그들의 혼백은 하데스[1]에게로 갔다. 그것은 인간들의 왕인 아가멤논과 고결한 영웅 아킬레우스가 서로 싸우고 갈라섰기 때문에 생긴 일이었으며, 이들은 제우스에 의해 비극적인

1) 죽음의 신.

운명에 휩쓸리게 된다.

아폴론의 화살

그리스 원정군의 대장인 아가멤논과 아킬레우스가 싸우게 된 것은 아가멤논이 아폴론의 신관인 크리세스를 모욕했기 때문이다. 아가멤논은 사제인 크리세스의 딸 크리세이스를 포로로 데려갔고, 크리세스는 딸을 구하기 위해 수많은 재물과 아폴론을 상징하는 황금 홀(笏)을 들고 찾아가 간청했다.

"그대들이 프리아모스[2]의 도시를 함락시키고 무사히 고향으로 돌아갈 수 있도록 올림포스의 신들에게 빌어드리겠습니다. 화살 잘 쏘기로 소문난 아폴론의 노여움을 두려워하신다면 몸값을 지불할 터이니 부디 나의 사랑하는 딸을 돌려주십시오."

오랜 전쟁으로 지쳐 있던 그리스 병사들은 모두 사제의 말에 솔깃해 했지만 아가멤논은 귀가 쩌렁쩌렁 울릴 만큼 커다란 소리로 악담을 퍼부으며 사제를 내쫓아버렸다.

늙은 사제는 두려움에 떨며 뒤돌아설 수밖에 없었다. 딸을 찾지 못한 사제는 성난 파도처럼 울며 바닷길을 따라 배회하다 매끄러운 머릿결을 가진 레토가 낳은 아들, 아폴론에게 기도를 드렸다.

2) 트로이의 마지막 왕. 헥토르와 파리스의 아버지.

파리스의 심판 | 루벤스

불화의 여신 에리스가 건넨, 가장 아름다운 여신을 위한 사과를 갖기 위해 트로이의 왕자 파리
스에게 심판을 받는 세 여신 아테나, 아프로디테, 헤라. 이 선택은 트로이 전쟁의 단초가 된다.

"빛나는 화살의 신이시여, 저는 당신을 위해 아름다운 신전을 지어 드리고 신성한 제물도 바쳤습니다. 그러니 저의 소원을 들어주십시오. 당신의 빛나는 화살로 그리스 인들로 하여금 제 눈물의 대가를 치르도록 해주십시오."

사제의 기도를 들은 아폴론은 화살통을 집어들고 한달음에 올림포스 꼭대기에서 달려내려왔다. 성난 마음으로 달려가는 그의 모습은 마치 캄캄한 밤이 밀려오는 듯했으며, 어깨 위의 화살들이 요란한 소리를 내며 울어댔다.

그렇게 해서 수많은 그리스 병사들이 아폴론이 내린 역병으로 죽어갔으며 그들의 시체를 태우는 장작더미는 쉴새없이 타올랐다. 신의 화살은 아흐레 동안 그리스 진지를 뒤흔들었다. 그리고 열흘째가 되자 그리스 인을 염려한 흰팔의 여신, 헤라가 마침내 아킬레우스의 마음을 깨우러 다가갔다.

빨리 달리는 전사, 아킬레우스는 병사들을 모으고 말했다.

"전쟁과 병으로 그리스 병사들이 죽어간다면 우리는 전쟁을 끝내지도 못하고 고향으로 돌아가야 할지도 모른다. 도대체 아폴론이 왜 저토록 화를 내는 것인지 사제에게 물어보든지 예언가나 꿈해몽에 능통한 자에게 물어보도록 하자."

아폴론으로부터 과거는 물론 앞으로의 일을 내다볼 수 있는 능력을 부여받은 칼카스가 일어나며 외쳤다.

"제우스의 사랑을 받고 있는 아킬레우스여, 아폴론이 분노한 까닭을 알고 싶다고 하니 내가 말해주겠습니다. 그 대신, 내가 하는 말은 분명 왕을 노엽게 할 텐데, 진실로 나를 끝까지 지켜줄 수 있겠습니까?"

그러자 빨리 달리는 전사, 아킬레우스가 그를 안심시켰다.

"칼카스여, 두려워하지 말고 신의 뜻이 무엇인지 말해보게. 내가 태양 빛을 받으며 살아 있는 동안에는 어느 누구도 그대에게 거친 손을 대지 못하도록 하겠네. 그 자가 아가멤논일지라도 말일세."

그러자 예언자는 용기를 내어 말하기 시작했다.

"아폴론이 우리에게 고통을 주는 것은 그의 사제 때문입니다. 아가멤논이 사제를 모욕했으며 사제의 딸, 크리세이스를 돌려주지 않았기 때문입니다. 고운 눈빛의 그 처녀를 돌려보내지 않는 한 아폴론은 그리스 인들을 고통에서 구해주지 않을 것입니다."

아킬레우스와 아가멤논의 불화

칼카스가 말을 마치고 자리에 앉자 넓은 땅의 통치자, 아가멤논이 일어났다. 치밀어오르는 분노로 그의 심장은 시커멓게 변했으며 두 눈은 불꽃처럼 타오르고 있었다.

"재앙의 예언자여! 그대의 예언은 한 번도 좋았던 적이 없었으며 아무런 도움도 되지 못했거늘, 지금 또다시 신이 왜 우리에게 고통을 주고 있는가에 대해 쓸데없는 소문을 퍼뜨리고 있구려. 내가 나의 아내 클뤼타임네스트라보다 크리세이스를 더 좋아하는 것은 사실이지만, 이 모든 재앙이 그녀 때문이라면 기꺼이 그녀를 돌려보내겠다. 그것은 오로지 그리스 전체를 위해서이다. 따라서 그대들은 그것을 보상할 만한 다른 전리품[3]을 준비해야 할 것이다. 그렇지 않으면 아이아스의 것이든, 오디세우스의 것이든 다 빼앗아 갈 것이다."

이 말을 듣고 그리스의 자랑스러운 전사, 아킬레우스가 자리를 박차고 일어났다.

"대장, 그대는 욕심이 지나칩니다. 우리가 그동안 함락시킨 도시에서 빼앗은 전리품은 이미 분배가 끝났습니다. 그런데도 대장은 가장 많은 몫을 요구하고 있습니다. 우리가 이 먼 곳까지 당신의 명령을 쫓아온 것은 트로이 인들이 우리에게 잘못을 했기 때문이 아닙니다. 그들이 우리의 소와 말, 곡식을 약탈해갔기 때문이 아닙니다. 우리는 오로지 당신의 동생인 메넬라오스와의 맹세[4]를 지키기 위해, 고향을 떠나 수만리 바다를 항해하며 이곳에까지 왔습니다. 당신에게 수모를 당하며 당신의 부와 재물을 위해 싸울 생각은 추호도 없습니다. 난 나의 병사들을 데리고 고향 프티아로 돌아가겠소."

그러자 인간들의 왕, 아가멤논이 대답했다.

---

3) 그리스 시대의 전사들은 서열에 따라 갑옷과 보물, 포로 등등의 전리품을 분배했다.
4) 헬레네에게 구혼했던 많은 그리스 영웅들은 헬레네와 결혼한 메넬라오스의 명예를 지켜주겠다는 맹세를 했다.

파리스와 헬레네(부분) | 다비드

헬레네와 파리스의 사랑은 트로이 전쟁의 직접적인 원인이 된다.

"밤낮으로 싸움질이나 해대는 그대에게 굳이 있어 달라고 말하고 싶지 않으니 마음대로 해라. 그대의 배와 동료들을 데리고 고향으로 돌아가 뮈르미도네스 족이나 잘 다스려라! 내 곁에는 그대가 아니더라도 나의 명예를 높여줄 사람은 얼마든지 있다. 다만 아폴론께서 크리세이스를 빼앗아 가셨으니 난, 아킬레우스 그대가 사랑하는 브리세이스를 뺏을 것이다. 그러면 아무도 내게 감히 맞서려고 하지 않을 것이다."

모욕을 당했다고 생각한 아킬레우스는 슬픔에 빠져 어찌할 줄을 몰랐다. 아킬레우스는 당장 칼을 빼들고 아가멤논을 찔러야 하는 것은 아닌지를 고민했다.

이때 아테나가 하늘에서 내려왔다. 두 사람을 똑같이 염려하고 있던 헤라가 보낸 것이었다. 다른 사람의 눈에는 보이지 않았지만 아킬레우스는 그녀를 알아보았다. 여신의 눈동자가 무섭게 번쩍거렸기 때문이다.

"칼을 빼지 말아라. 너의 노여움을 가라앉히도록 헤라께서 나를 보내셨다. 지금 이 순간을 참으면 너에게 이 모욕을 되갚아줄 세 배의 보상이 돌아갈 것이다. 그러니 여신의 말씀에 복종하거라."

아킬레우스는 신의 명령에 복종하는 자의 기도는 반드시 신께서 들어줄 것이라 믿고 있었다. 그가 꺼내려던 칼을 다시 칼집에 밀어 넣자 아테나는 안심하고 다시 제우스의 궁전이 있는 올림포스로 되돌아갔다.

그러나 아킬레우스는 노여움을 풀지 않고 아가멤논에게 다시 한

번 신랄한 말을 내뱉었다.

"맹세하지만, 그리스의 모든 병사들이 이 아킬레우스를 열망하는 날이 반드시 올 것입니다. 수많은 그리스 병사들이 헥토르의 손에 죽어 쓰러질 때, 가장 뛰어난 그리스 영웅을 존중하지 않았던 것을 후회하며 절망과 분노로 당신의 심장을 치게 될 것입니다."

이때 늙은 네스토르가 일어났다. 필로스의 웅변가인 그의 혀에서 흘러나오는 말은 언제나 감미로웠다. 그는 두 사람의 싸움을 제지하여 조언을 건넸다.

"프리아모스의 자식들과 트로이 인들이 그리스 병사들의 가장 우두머리인 두 사람의 싸움을 얼마나 좋아할지 모르겠소. 일찍이 그대들보다 더 강한 전사들도 나의 조언에 귀를 기울였소. 비록 나이는 나보다 젊은 그대들이지만 내 말을 마음속 깊이 새겨 들으시오. 아가멤논, 당신이 아무리 위대하다 할지라도 아킬레우스의 여인은 그에게 남겨 두시오. 또한 아킬레우스, 그대는 그리스 군의 총대장인 아가멤논에게 힘으로 맞서려 하지 마시오."

그러자 아가멤논이 황급히 대답했다.

"노인장, 당신의 말이 모두 맞소이다. 그러나 저자는 모두가 보고 있는데 내 명령을 거부했소. 정말이지 그의 명령에 복종할 사람은 한 사람도 없소. 설령 신들이 그에게 뛰어난 창던지기 능력은 주었을지라도 내게 마구 욕하며 덤벼들라고 하지는 않았을 것이오."

아킬레우스가 즉시 그의 말을 제지하며 말했다.

"물론입니다! 난 이제 다시는 당신의 명령에게 복종하지 않을 것입니다. 또한 내가 가지고 있는 것을 건드리는 자가 있다면 눈깜짝할 사이에 내 창 끝에서 그자의 검은 피가 솟구치는 것을 보게 될 것입니다."

그리고 아킬레우스는 친구인 파트로클로스와 동료들을 데리고 자신의 함선으로 돌아가버렸다.

아가멤논은 배 한 척을 바다에 띄웠다. 그리고 선원 20명과 신에게 바칠 제물과 크리세이스를 태운 다음 오디세우스에게 명하여 아폴론 신전으로 가서 제물을 바치고 기도를 올리도록 했다. 그리고 전령 두 사람을 불러 명령했다.

"그대들은 아킬레우스에게 가서 아름다운 처녀 브리세이스를 데리고 오너라. 만일 그가 거부하면 내가 몸소 군사를 끌고 쳐들어 갈 것이라고 전해라."

두 전령은 마지못한 듯 바닷길을 따라 아킬레우스의 배로 갔다. 아킬레우스 앞에 선 두 전령은 두려움에 떨며 아무 말도 하지 못한 채 서 있을 뿐이었다.

아킬레우스는 그들의 두려움과 책임감, 그 모든 것을 알아차렸다. 그래서 침묵을 깨고 전령에게 말했다.

"제우스와 인간들의 전령인 당신들이 무슨 잘못이 있겠는가. 죄가 있다면 아가멤논에게 있는 것이다. 나의 친구 파트로클로스여, 브리세이스를 데려와 이들에게 데려가게 하게. 그리고 훗날 파멸의 날이 와 저들이 나를 필요로 할 때 아가멤논이 얼마나 포악한 왕이었는지를 말해줄 수 있는 중인이 되어 달라고 하게."

파트로클로스는 그의 위대한 친구의 명령에 따라 브리세이스를 데려와 전령들에게 데려가도록 했다. 여인은 마지못한 듯 한 걸음 씩을 떼며 그들 뒤를 따라갔다.

아킬레우스의 슬픔

떠나가는 브리세이스를 바라보며 눈물을 흘리던 아킬레우스는 병사들 곁을 떠나 바닷가로 걸어갔다. 바닷가에 홀로 앉아 생각에 잠겨 있던 아킬레우스는 어머니인, 바다의 요정 테티스에게 자신 의 슬픔을 호소했다.

"어머니, 하늘 아래 가장 높은 곳, 올림포스에서 천둥을 다스리 는, 제우스께서 저의 명예를 보호해주지 않고 있습니다. 아가멤논 이 저를 모욕하며 제 명예의 전리품까지 빼앗아가고 있습니다."

은빛으로 빛나는 바다 속에서 늙은 아버지 네레우스 곁에 있던 테티스는 아들의 기도를 듣고 안개처럼 피어올라와, 슬퍼하고 있 는 아들의 이름을 부르며 말했다.

"아들아, 누가 그렇게 너의 마음을 아프게 했기에 울고 있는 것 이냐?"

"어머니도 알고 계시겠지만 우리는 신성한 도시 테베를 정복했 으며 그곳의 전리품들은 모든 병사들이 공평하게 나누어 가졌습니다. 그런데 아가멤논은 저에게 온 브리세이스를 빼앗아 가며 저를 무시했습니다. 어머니께서는 부드러운 말과 자태로 제우스의 마음을 위로하실 수 있을 것입니다. 그러니 그분의 무릎을 잡고 간청해 주세요. 트로이 인들을 돌봐주시고 저를 모욕한 그리스 인들을 바닷가의 뱃전 사이에 가두어버리라고 하세요. 그렇게 되면 가장 용맹한, 이 아킬레우스를 존중하지 않았던 자신들의 어리석음을 깨닫게 되겠지요."

그러자 테티스가 울음을 터뜨리며 대답했다.

"오, 나의 아들. 너는 일찍 죽을 운명을 타고났단다. 그러니 그 짧은 삶을 불행하게 보낼 수는 없다. 아무튼 천둥치기를 좋아하는, 제우스께 너의 바람을 전하기 위해 눈 덮인 올림포스로 가겠다. 일단 싸움은 하지 말고 너의 함선 옆에 조용히 있거라."

테티스는 올림포스로 떠났다. 그동안 아킬레우스는 분노에 차서 가장 빠른 자신의 함선 옆에 앉아 있었다. 그는 회합에도 참석하지 않았으며, 전쟁터에도 나가지 않고 오로지 자기 막사에 틀어박혀 있었다.

한편 아가멤논의 명령을 받은 오디세우스는 크리세이스와 아폴론에게 바칠 재물을 싣고 신전이 있는 크리세로 향했다. 오디세우스는 사제의 딸을 돌려주고 신전에 제물을 바치고 기도를 올렸다.

"신이여, 노여움을 풀고 그리스 인들을 파멸에서 구해주소서."

기도를 올린 다음 오디세우스의 일행은 제물들의 껍질을 벗겨

장작 위에 올렸다. 그리고 그 위에는 포도주를 뿌리면서 구웠다. 일행은 고기들은 나누어 먹고 술을 마시며 아폴론을 예찬하는 노래를 불렀다. 마침내 아폴론의 마음도 흡족해졌다.

테티스의 소원

올림포스로 돌아간 테티스는 다른 신과 따로 떨어져 가장 높은 곳에 혼자 앉아 있는 제우스에게 갔다.

"아버지 제우스여, 과거에 제가 도와드린 적이 있다는 것을 기억하신다면 제 소원을 하나 들어주세요. 내 아들 아킬레우스는 인간들 중에서 가장 일찍 죽을 운명을 타고 났답니다. 그런데 아가멤논이 그의 명예를 조롱하고 있답니다. 트로이 병사들이 싸움터에서 승리하도록 도와주시면 그때, 그리스 병사들이 제 아들 아킬레우스의 명예를 존중하게 될 것입니다."

제우스는 트로이를 돕는다며 화를 내고 있는 헤라가 이 사실을 알아차리면 곤란해질 것이라고 생각했다. 그래서 테티스의 소원을 들어주겠다는 표시로 검은 눈썹을 아래로 숙였다. 그러자 웅장한 올림포스 산이 흔들거렸다.

그러나 헤라는 바다 노인의 딸, 테티스가 제우스에게 어떻게 했는지를 알아차리고 말았다. 그녀는 얼른 제우스에게 달려와 물었다.

"이번에는 누구와 함께 나를 속일 일을 꾸미셨나요? 당신은 무슨 일이든 나 몰래 하기를 좋아하지요. 그리고 한 번도 당신의 계획을 내게 미리 알려준 적이 없어요."

그러자 모든 인간과 신들의 우두머리인, 제우스가 말했다.

"헤라여, 그대가 나의 아내일지라도 내가 하려는 모든 일들을 속속들이 알아내려고 하지 마시오. 그대가 당연히 알아야 될 일이라면 신이건, 인간이건 당신보다 먼저 알게 되지는 않을 것이요. 그러나 내가 다른 신들과 상관없이 계획한 일에 대해서는 아무리 궁금해도 꼬치꼬치 파헤치려 들지 마시요."

그러자 여신들의 여왕, 헤라가 검은 눈동자를 치뜨며 대답했다.

"크로노스[5]의 아들이시여! 바다 늙은이의 딸, 테티스가 당신을 속이고 있는 것이 분명해요. 아킬레우스의 명예를 높이기 위해 당신이 그리스 인들을 혼내주겠다고 약속한 것이 틀림없어요!"

그러나 구름을 불러 모으는, 제우스는 호통을 치듯 말했다.

"쓸데없는 상상을 하며 나를 감시하려 하지 마시오. 그렇게 할수록 내 마음은 당신에게서 멀어질 뿐이요. 내가 불가항력적인 힘으로 당신의 목을 조르는 날에는 올림포스의 신들 중 누구도 당신을 보호할 수 없을 게요."

헤라의 눈동자가 두려움에 빠진 황소처럼 껌뻑거렸다. 헤라는 일단 자신의 화를 억누르며 자리에서 물러날 수밖에 없었다.

---

5) 그리스 신화에서 하늘의 신 우라노스와 대지의 신 가이아 사이에서 태어난 12남매 중 막내. 그러나 아버지 우라노스를 거세하고 우주의 지배자가 된다.

제우스에게 간청하는 테티스 | 앵그르

제우스에게 아들 아킬레우스의 명예를 되찾을 수 있게 해달라고 간청하는 테티스.

제우스의 궁전에 모인 많은 신들은 두 사람의 싸움을 보고 마음이 언짢아졌다. 손재주가 뛰어난, 헤파이스토스가 헤라를 위해 잔을 건네며 한마디 했다.

"두 분께서 어차피 죽을 운명인 인간들의 일로 저렇게 다투고 있으니 심히 마음이 괴롭군요. 현명한 어머니께서 제우스의 마음을 풀어주세요. 번개의 신이며 올림포스의 주인인 그분은 가장 강력하시니 그에게 대항하기는 어렵습니다."

헤라는 하얗게 빛나는 팔을 내밀며 헤파이스토스가 건네주는 잔을 받아들고 미소 지었다. 그러자 헤파이스토스가 이번에는 달콤한 넥타르[6]를 여러 신들에게 모두 건넸다. 이렇게 헤파이스토스가 궁전 안을 바쁘게 돌아다니는 동안 신들은 넥타르를 마시며 즐겁게 잔치를 벌였다.

신들의 축제는 하루 종일 계속되었다. 아폴론이 아름다운 음악을 연주하고 무사의 여신들이 음악에 맞추어 고운 목소리로 노래를 불렀다. 그리고 찬란히 빛나던 태양이 사그러들자 신들은 절름발이 헤파이스토스가 훌륭한 솜씨로 지어준 각자의 집으로 돌아갔다.

번개의 신, 제우스는 자신의 침상에서 달콤한 잠 속으로 빠져들었으며 그 옆에는 헤라가 누웠다.

---

6) 신들이 마시는 음료.

제2권
그리스 영웅들의 함성

신의 의도

전차를 몰며 싸우던 병사들은 전부 깊은 잠 속으로 빠져들었지
만 올림포스 산상의 제우스만은 잠에서 깨어 있었다. 그는 날이 샐
때까지 어떻게 하면 아킬레우스의 명예를 높여주고 그리스 인들에
게는 벌을 내릴 수 있을까를 궁리했다. 그리고 겨우 생각해낸 방도
가 아가멤논에게 잔인한 꿈을 내려 보내는 것이었다.

제우스는 꿈의 신에게 명령하여 아가멤논에게, 지금이 바로 트로이를 공격할 때라는 것을 정확하게 전하도록 했다.

꿈의 신은 아가멤논의 막사로 쏜살같이 달려갔다. 그리고 원로 중 아가멤논이 가장 존중하는 현명한 노인, 네스토르의 모습으로 아가멤논의 꿈에 나타나 말했다.

"난, 당신을 걱정하는 제우스의 사자로 온 것이다. 전 그리스 병사들은 즉시 무장하고 트로이를 침략할 때라는 것을 알려주려고 왔다. 올림포스의 여러 신들은 헤라의 뜻에 따라 그대들을 도울 것이며 제우스는 트로이 인들에게 재앙을 내릴 것이니, 꿈에서 깨어나더라도 내가 전한 말을 잊어서는 안된다."

꿈에서 깨어난 아가멤논은 드디어 프리아모스의 도시를 차지하게 될 날이 왔다는 기대를 갖게 되었다.

제우스는 그리스와 트로이가 서로 할퀴며 싸우다 수많은 고통과 슬픔을 겪게 할 생각이었다. 그러나 아가멤논으로서는 그러한 신의 깊은 의도를 알 수가 없었다.

꿈에서 깨어난 아가멤논은 신의 음성이 아직도 귓가에 생생하게 울리는 것 같았다. 지금이 바로 트로이를 공격할 때라고 생각한 그는 선조들에게서 물려받은 황금 홀을 집어들고 청동 갑옷으로 무장했다.

병사들 앞에 나서기 전 아가멤논은 먼저 원로들을 모아 놓고 신들이 트로이 인들의 머리 위로 재앙을 내릴 것이라는 꿈의 신이 전해준 메시지를 읊었다.

그러나 전쟁을 시작하기 전에 관례에 따라 병사들의 용기를 한 번 시험하겠다고 말했다. 아가멤논은 자신이 병사들에게 창을 버리고 각자의 배로 돌아가라고 말할 것이니 각 부대의 대장들은 그들에게 고향으로 돌아가라고 명령하라고 했다.

그러자 필로스의 왕, 네스토르가 일어나 외쳤다.

"동료들이여, 그리스 병사들의 지휘자와 장군들이여! 우리들 중 가장 명예로운 자의 꿈에 신이 나타나 무장하라고 했습니다. 아카이아(그리스)의 아들들을 무장시키고 전쟁터로 나서야 할 때입니다!"

그때 바닷가에 있는 그리스 병사들의 함선과 막사 사이로 아가멤논의 꿈에 나타난 제우스의 메시지가 불길처럼 번져 그들을 아가멤논 앞으로 몰려들게 했다. 군대가 한곳으로 집합하자 거대한 소음과 함께 대지가 흔들렸다.

총대장 아가멤논은 헤파이스토스가 공들여 만든 홀[1]을 들고 모든 그리스 인들 앞에서 외쳤다. 이 홀은 원래 제우스에게 바쳐진 것이었으나 말을 잘 다루는 펠롭스에게 건너가서, 영웅 아트레우스를 거쳐 그가 세상을 떠날 때 아들인 아가멤논에게 물려준 것이었다. 홀을 물려받음으로써 아가멤논은 수많은 섬과 그리스 전체의 최고 통치자가 되었다.

---

1) 대장장이의 신, 헤파이스토스가 만들어 제우스에게 바친 것이다. 제우스로부터 왕권을 받았다는 것을 의미한다.

그 황금 홀에 기대어 선 채 아가멤논은 모든 그리스 군대에게 말했다.

"친애하는 그리스 전사들이여! 튼튼한 성벽을 가진 트로이를 무너뜨리는 것을 도와주겠다던 크로노스의 아들, 제우스께서 지금까지 아무런 성과를 내지 못한 우리더러 고향으로 돌아가라고 합니다. 트로이에 여러 도시의 동맹군까지 와 있기 때문인지 전쟁을 시작한 지 9년째인데도 우리는 번창한 도시 트로이를 함락시키지 못했습니다. 배는 썩어가고 밧줄은 풀려 있습니다. 고향에서는 아내와 자식들이 기다리고 있으니 이제는 배를 타고 돌아갈 수밖에 없습니다!"

병사들을 떠보기 위해 외친 이 말은 동쪽과 남쪽에서 불어오는 바람이 제우스의 구름을 일게 하여 이카로스 해[2]의 바다를 거세게 물결치게 하듯, 또는 서풍이 세차게 불어와 무성하게 자란 곡식들을 뒤흔들어 놓은 듯 병사들을 술렁거리게 했다.

병사들은 순식간에 흙먼지를 일으키며 바닷가로 달려가더니 배를 바다로 끌어내렸다. 고향으로 돌아가자는 그들의 함성이 하늘 끝에 닿았다.

---

2) 에게 해를 말한다.

전쟁의 여신, 아테나

그리스의 전사들은 자칫 자신들의 운명을 거슬러 고향으로 돌아가 버렸을지도 모른다. 그러나 이때 헤라가 급히 아테나를 불러 일렀다.

"지치는 법이 없는, 제우스의 딸 아테나여! 그리스 인들이 프리아모스와 트로이 인들에게 그들의 자존심인 헬레네를 남겨두고 고향 땅으로 도망치려고 한다. 헬레네 때문에 수많은 그리스 인이 트로이에서 죽어갔는데 어떻게 그럴 수 있느냐! 지금 당장 달려가서 그들의 함선을 바다로 끌어내지 못하게 해야 한다."

빛나는 눈의 여신, 아테나는 한순간도 지체하지 않고 달려가 그리스 병사들이 배를 띄우는 곳으로 갔다. 제우스만큼이나 지혜로운, 오디세우스가 제일 먼저 눈에 띄었다. 그러나 그는 슬픔에 사로잡힌 채, 검게 빛나는 자신의 배를 끌어내리지 않고 있었다.

아테나는 오디세우스에게 고향으로 돌아가서는 안 된다고 속삭였다. 여신의 음성을 알아들은 오디세우스는 아가멤논에게 달려가 그의 손에서 영원불멸의 홀을 받아들었다. 그리고 청동 갑옷을 입고 그리스 함선들 사이를 성큼성큼 돌아다니며 각 부대의 왕(지휘관)들이 눈에 띌 때마다 소리쳐 그들을 만류했다.

"동료들이여, 스스로 겁쟁이가 되어서는 안 됩니다. 어서 가서 당신의 병사들을 말려야 합니다. 아가멤논이 우리의 용기를 시험

해본 것입니다. 우리가 그의 의도를 명확하게 알아차리지 못한 것입니다. 원로원 회의에서의 그의 계획을 듣지 못한 것입니다. 그는 고향으로 돌아가려는 자들을 처단할 것입니다. 그가 성이 나서 그리스 병사들을 해치지 않도록 해야 합니다. 그의 명예는 제우스가 준 것이기 때문입니다."

그러나 몇몇 병사들이 거세게 반발하며 소리치자 오디세우스는 홀을 내리치며 그들을 야단쳤다.

"전쟁터에서건, 회의장에서건 아무짝에도 쓸모가 없는 도망병이거나 겁쟁이인 그대들보다 훨씬 용맹한 다른 사람들의 말에 복종하고 조용히 있어라! 여기 트로이에서 모든 그리스 인들을 통솔하는 왕은 한 사람이어야 한다. 그는 크로노스의 아들에게서 왕권과 홀을 부여받은 사람이어야 한다!"

오디세우스의 권유에 병사들은 시끄럽게 떠들어대며 다시 회의장으로 돌아갔다. 그러나 오직 한 사람, 말도 많고 쓸데없이 아는 것도 많은 테르시테스가 나섰다. 평소에도 그는 총대장인 왕에게 시비를 걸었으며 아킬레우스와 오디세우스를 비난했기 때문에 그들의 미움을 사고 있었다. 그가 아가멤논에게 비난의 말을 퍼부었다.

"아가멤논, 당신은 부족한 것이 없을 터인데 아직도 뭐가 그렇게 불만인가요? 당신의 막사는 청동 보물과 가장 아름다운 여인들로 가득 차 있는데 그것으로도 부족하여 당신보다 훨씬 뛰어난 용사인 아킬레우스의 것까지 빼앗아 가지 않았소. 그리스 병사들을 이끌어야 할 고귀한 지휘자인 당신은 그것이 얼마나 수치스러운 행동이라는 것을 모른단 말이요? 아킬레우스가 참지 않았다면 당신의 횡포도 끝장났을 것이요. 저 인간 혼자 이곳에서 마음껏 전리품이나 즐기도록 하고 우리는 모두 고향으로 돌아갑시다!"

그러자 오디세우스가 나서서 그를 나무랐다.

"테르시테스여, 너의 언변이 아무리 뛰어나다 할지라도 모든 사람들이 보는 앞에서 왕을 비난할 자격은 없다. 이곳 트로이에 온 자들 중에서 너보다 덜 용맹한 사람은 없다. 우리는 지금 고향으로 돌아가야 할지 어쩔지를 모르고 있을 뿐이다."

오디세우스는 테르시테스의 등과 어깨를 황금 홀로 세차게 내리쳤다. 테르시테스는 겁에 질려 자리에 앉았으나 등짝의 아픔 때문에 흘러내리는 눈물을 황급히 닦아내기에 바빴다.

병사들은 마음이 아팠으나 한편으로는 수다쟁이 독설가를 제압한 오디세우스를 칭찬했다. 도성을 급습한 자, 오디세우스는 홀을 잡고 다시 일어섰다. 그의 곁에는 커다란 회색 눈동자의 아테나가 전령의 모습으로 서서 병사들의 마음을 진정시키고 있었다.

"아홉 해[3] 동안 이곳에서 아무런 성과도 내지 못하고 있으니 누군들 고향으로 돌아가고 싶지 않겠는가? 그러나 이렇게 오랫동안 싸우고 빈손으로 돌아간다는 것은 수치스러운 일이 아닐 수 없다. 벗들이여, 칼카스의 예언이 정말로 맞는지 알아야 하지 않겠는가.

---

3) 트로이 전쟁이 시작된 지 9년째라는 것을 알 수 있다.

아울리스 항구[4]에서 함께 한 맹세를 기억하라. 올림포스의 주인이 보낸 뱀이 9마리의 참새를 잡아먹고 돌로 변하는 것을 보지 않았는가. 그때 칼카스는 우리가 9년 동안 전쟁을 치를 것이며 10년째 되는 해 그 도시를 함락시킬 것이라고 예언했다. 모든 일들이 예언대로 되고 있다. 자, 무장을 한 모든 그리스 병사들이여, 프리아모스의 성벽을 쳐부술 때까지 이곳에서 조금만 더 견디어봅시다!"

오디세우스의 말에 모두 환호했으며 그들의 함성은 배 주위로 점점 더 넓게 번져나갔다.

청동 갑옷의 찬란한 빛

이때 웅장한 전차를 몰고 다니는 노장 네스토르가 그들을 다그치며 말했다.

"우리들이 했던 약속과 맹세는 어디로 가고 철없는 아이들처럼 싸우고 있는 것이오. 아무런 대책도 없이 입씨름만 하면서 시간을 낭비하고 있을 것인가! 아가멤논, 그대는 처음에 세웠던 계획에서 절대 벗어나지 마시오. 군대를 이끌고 전쟁터로 가시오. 부대에서 이탈하려는 자들은 처단해버리시오. 전능한 크로노스의 아들, 제우스께서는 트로이를 멸망시키기 위해 함선에 오르는 날 우리를 향

4) 트로이로 출발하기 전 그리스 함대는 아가멤논의 지휘 하에 이곳에 모였다.

46

해 고개를 끄덕여주셨어요. 그러니 당신이 할 일은 훌륭한 전략을 세우고 다른 사람들의 의견에도 귀를 기울여야 하는 것이요. 그렇게 하고도 그대가 트로이의 도시를 함락시키지 못했을 경우, 그것이 신의 뜻인지 아니면 전사들의 용기가 부족해서인지를 알 수 있을 것이요."

그러자 아가멤논 왕이 그의 조언에 예를 표하며 말했다.

"다시 한번 당신의 조언에 무릎을 꿇어야겠습니다. 당신처럼 현명한 조언자가 열 명만 더 있다면 프리아모스 왕의 도시를 굴복시키는 데 그렇게 많은 시간이 들지 않을 터인데……. 지금부터라도 우리가 다시 마음을 합친다면 트로이 인들을 파멸시킬 날이 멀지 않을 것입니다. 병사들이여, 모두 창과 방패를 손질하고 전차를 몰고 나갑시다. 밤이 찾아와 우리들의 용기를 잠재우기 전까지 승리를 위해 싸울 것입니다!"

아가멤논은 5년 된 황소 한 마리를 제우스 신에게 제물로 바쳤다. 그리고 전 그리스 부대의 지휘자들을 불렀다. 네스토르와 이도메네우스의 왕, 두 아이아스(큰 아이아스와 작은 아이아스)와, 디오메데스, 오디세우스, 목소리가 우렁찬 메넬라오스가 황소 곁에 둘러서서 보리를 집어들자 그들 사이에서 아가멤논이 일어나 소리 높여 기도했다.

"가장 위대하고 뛰어난 제우스여, 프리아모스의 궁전을 불태우고, 헥토르의 갑옷을 뚫고, 그의 수많은 부하들을 흙먼지 속으로 쓰러뜨릴 수 있도록 도와주소서."

그러나 제우스는 그의 기도를 들은 척도 하지 않았다. 그러한 사실을 알지 못한 아가멤논은 전령들에게 명하여 병사들을 모이게 했다. 그리스 병사들이 아가멤논 앞으로 속속 모여들었다.

아테나 여신이 눈빛을 반짝이며 병사들 사이를 바쁘게 돌아다니고 있었다. 그녀의 손에는 영원 불멸의 아이기스[5]가 들려 있었다. 아이기스에 매달려 있는 수백 개의 금빛 술이 찬란한 빛을 내뿜고 있었다. 그녀는 병사들의 마음속에 커다란 용기를 불어넣고 있었다. 이제 병사들은 고향 땅으로 달려가기보다는 전쟁터로 달려가고 싶어했다.

전쟁의 불길은 광활한 숲을 타오르게 했으며 병사들의 청동 갑옷에서 뿜어져 나오는 빛이 대기를 뚫고 하늘로 치솟았다.

그리스 배와 막사에서 달려나오는 전사들의 말발굽 소리로 천지가 진동했으며 스카만드로스의 드넓은 벌판은 병사들의 무리로 새카맣게 보였다.

전쟁의 불길

지휘자들은 모여든 그리스 병사들을 정렬시켰다. 그리스 군 한가운데에서 아가멤논이 수백척의 함선과 그를 따라온 병사들을 총

5) 아테나 여신이 들고 다니는 무적의 방패를 말한다.

지휘했다. 아가멤논의 얼굴과 눈빛은 제우스 신과 흡사했으며, 허리는 아레스[6]처럼 힘이 들어가 있었으며, 가슴은 포세이돈처럼 우람해 보였다. 아트레우스의 아들 중에서 가장 뛰어나 보였으며, 그리스 영웅들[7] 중에서도 가장 빛나 보였다.

아가멤논의 동생, 메넬라오스를 비롯하여 그리스 각지에서 참가한 전사들은 자신들의 함선과 병사들을 지휘했다. 헬레네를 빼앗긴 노여움으로 인해 싸우고 싶은 열망이 가득 찬 메넬라오스는 병사들 사이를 돌아다니고 있었다.

그러나 전사들 중에서 빛이 날 정도로 빨리 뛰는, 아킬레우스만은 아가멤논을 원망하며 부리처럼 날렵한 그의 배에 오르지 않고 휴식을 즐기고 있었다. 그의 배 50척은 인솔해줄 사람이 없어 병사들은 바닷가에서 원반을 던지거나 창던지기, 활쏘기를 하며 아레스가 사랑할 지휘자를 기다릴 뿐이었다.

그러나 나머지 그리스 병사들은 타오르는 불길처럼 전쟁터로 달려나갔으며 그들 발 아래의 대지에서 울려나오는 소리가 사방으로 퍼져나갔다.

한편 바람처럼 빠른 제우스의 사자, 이리스가 트로이 인들에게 달려가 슬픈 소식을 전했다.

---

6) 전쟁의 신.
7) 원전에는 전쟁에 참가한 함선의 지휘자들과 함선들에 대해 길게 묘사되어 있다.

"내가 일찍이 본 적이 없는 훌륭한 군사들이 트로이를 치기 위해 달려오고 있습니다. 무성한 숲의 나뭇잎만큼이나, 바닷가의 모래 알만큼이나 많은 숫자입니다. 헥토르여, 병사들을 무장시키고 동맹군들과 싸움터로 달려가시오."

여신의 음성을 알아들은 헥토르는 즉시 회의를 끝내고 무장을 하러 달려나갔다. 마침내 성문이 열리고 군사들이 쏟아져 나왔으며 전차들이 거대한 소리를 내며 달려나왔다.

성문 앞에 가파른 언덕 주변으로 사방으로 길이 나 있었다. 트로이 인들과 동맹군들은 바로 그곳에서 전투 태세로 정렬했다.

셀 수 없이 많은 전사들 가운데에는 프리아모스의 아들 헥토르가 번쩍이는 투구를 쓰고 트로이 인들을 지휘했다. 그들은 모두 무장한 전사들로서 누구보다 용맹했으며 노련한 투창수들이었다.

동맹군의 지휘자들인 아이네이아스, 판다로스, 암피오스, 아시오스, 아카마스, 페이로오스, 사르페돈, 글라우코스 등등이 자신들의 병사를 이끌었다.

제3권

전사들의 싸움을 바라보는 헬레네

그리스와 트로이의 맹약

트로이 인들은 매서운 겨울과 큰 비를 피해 오케아노스 강으로 날아가는 학 떼들처럼 소리를 지르며 달려나갔으며, 그리스 인들은 죽음 앞에서 서로를 지켜주기를 열망하며 소리 없이 들판을 가로질러 나갔다.

구름처럼 피어오른 먼지로 한 치 앞을 알아볼 수 없는 들판에 두 나라 병사들이 마주하고 섰다. 트로이 인들의 맨 앞에는 마치 신처럼 아름다운, 파리스가 서 있었다. 파리스는 날카로운 청동 날이 박힌 창을 휘두르며 그리스 인 중에서 자기를 상대할 자가 있으면 나오라며 도전장을 던졌다.

파리스를 알아본 메넬라오스는 굶주린 사자가 사냥감을 발견한 것 같은 짜릿한 전율을 느꼈다. 이제야말로 원수를 갚을 수 있겠다고 생각한 그는 완전 무장을 한 채 전차에서 땅 위로 뛰어내렸다.

메넬라오스가 앞으로 나서자 파리스의 영혼이 흔들렸다. 그는 죽음으로부터 도망치듯 뒤로 물러서고 말았다. 산길에서 갑작스럽게 뱀을 만난 사람처럼 슬그머니 뒷걸음질을 치며 자신의 동료들 속으로 숨어버렸다. 이 모습을 보고 화가 난 헥토르가 동생 파리스에게 달려가 꾸짖었다.

"아, 끔찍한 파리스여, 아름다운 우리의 왕자. 그렇지만 한 여인에게 미쳐서 우리 모두를 파멸로 인도한 넌 차라리 태어나지 말았어야 했다. 싸우려는 투지도 없는 너를 그리스 인들이 얼마나 비웃고 있을지 모르겠구나. 메넬라오스와 맞붙어 보란 말이다. 그래야 네가 빼앗아온 여인의 남자가 얼마나 강한 사람인지를 알게 될 것 아니냐. 네가 먼지 속에 나뒹굴게 되는 날에는 아프로디테의 선물도, 너의 아름다운 외모도 무슨 소용이 있겠느냐?"

파리스가 헥토르에게 대답했다.

"형님의 용기는 나무를 내려치는 도끼처럼 겁을 모르니 저를 비난하는 것이 당연합니다. 그러나 아프로디테의 선물을 포기할 수는 없습니다. 신이 주신 것은 우리가 선택할 수도, 거절할 수도 없는 것입니다. 메넬라오스와 일대일로 대결하겠습니다. 헬레네와 수많은 보물을 걸고 싸울 것입니다. 그렇게 해서 승리하는 자가 모든 것을 차지하고 나머지는 각자의 고향으로 돌아가는 것입니다."

헥토르는 기뻐하며 파리스의 말을 그리스 인에게 전했으며 메넬라오스도 승낙했다. 그들은 맹약의 의미로 프리아모스 왕으로 하여금 제우스에게 흰 숫양과 검은 암양을 바치는 제를 지내기로 했다.

모든 병사들은 이 고통스러운 전쟁이 끝날 것이라 기대하며 기쁜 함성을 질렀다. 양쪽 병사들이 뒤로 물러나 전차에서 내려 갑옷을 벗고 창과 칼도 내려놓았다.

한편 제우스의 사자, 이리스가 라오디케[1]의 모습으로 투명하게 빛나는 두 팔의 여신, 헬레네에게 달려갔다. 이리스는 큰 자줏빛 천에 수를 놓고 있는 헬레네에게 파리스와 메넬라오스가 결투를 벌이게 되었으며 그리스 병사들이 트로이 성문 앞까지 와 있다고 속삭였다. 헬레네는 자신이 버리고 온 고국과 남편, 그리고 가족들에 대한 그리움으로 구슬 같은 눈물을 흘렸다. 그녀는 하얀 면사포로 얼굴을 가리고 스카이아이 성문[2]을 향해 달려나갔다.

---

1) 프리아모스의 딸.
2) 트로이 성의 서쪽에 나 있는 문.

메넬라오스와 파리스의 결투

성탑 위에는 프리아모스 왕을 중심으로 트로이의 원로들이 앉아 있었다. 그들은 마치 숲 속 나뭇가지의 꼭대기에 앉아 있는 매미처럼 보였다. 헬레네가 탑 위로 올라오는 모습을 보며 그들이 수군거렸다.

"두 나라에 전쟁을 가져온 끔찍한 아름다움이군요! 불멸의 여신처럼 보이는 저 여인은 트로이에 재앙을 가져오기 전에 돌려보내는 것이 좋을 듯하군요."

그러나 프리아모스는 헬레네를 큰소리로 자기 곁으로 오라고 불렀다. 그리고 전남편과 자신의 친척, 또는 친구들인 그리스 병사들을 내려다보게 했다. 그리고 한가운데 당당하게 우뚝 서 있는 전사가 누구인지 물어보았다.

그러자 헬레네가 대답했다.

"아트레우스의 아들 아가멤논입니다. 그리스의 넓은 땅을 통치하는 강력한 왕이며, 뛰어난 투창수입니다."

그러자 프리아모스는 갑옷을 벗고 창은 내려놓았지만 전사들 사이를 누비며 그들을 지휘하고 있는 오디세우스를 가리키며 누구냐고 물었다.

제우스의 딸인, 헬레네가 대답했다.

"이타케의 왕입니다. 뛰어난 기교와 영리한 생각으로 가득한 자입니다."

헬레네의 설명이 끝나자 안테노르가 말을 덧붙였다.

"저 사람은 메넬라오스와 함께 사절로 트로이에 온 적이 있습니다. 황금 홀을 꼭 쥐고 있는 모습이 마치 잔뜩 화가 난 어리석은 사람처럼 보였습니다. 그러나 우렁찬 목소리로 휘날리는 그의 웅변은 인간 중에서는 누구도 대적할 수 없다는 생각이 들게 했습니다."

이어서 헬레네는 그리스 병사들 가운데에서 아이아스와 이도메네우스, 메넬라오스를 알아보고 설명했다. 그러나 친오빠인 말을 잘 다루는 카스토르와 권투를 잘 하는 폴리데우케스가 보이지 않는다고 말했다.

그들은 헬레네의 고향, 라케다이몬(스파르타)에 꼭 붙들려 있었기 때문에 보이지 않았던 것이다.

마침내 프리아모스 왕의 주재하에 제우스 신 앞에서 맹약의 제의가 거행되었다. 새끼 양들의 목이 잘렸으며 양군의 병사들은 신에게 기도를 올렸다.

금발의 여인, 헬레네의 동행자인 고결한 파리스가 전투에 나설 준비를 시작했다. 갑옷을 입고 은빛 못이 박힌 청동 칼과 방패를 어깨에 걸쳤다. 그리고 말총 장식이 달린 투구를 뒤집어쓰고 창을 집어들었다. 맞은편에 있는 메넬라오스도 똑같이 무장을 했다.

무장을 마친 두 사람은 서로를 무섭게 노려보며 걸어나갔다. 그리고 적의에 가득 차서 상대를 향해 창을 휘두르기 시작했다. 먼저 파리스가 메넬라오스의 둥근 방패를 맞혔으나 방패를 뚫지 못하고 창끝이 구부러지고 말았다.

메넬라오스는 제우스에게 기도를 올렸다.

"제우스 신이시여, 뛰어나게 아름다운 파리스를 쓰러뜨려, 신의를 베푼 사람을 배반한 자에게 복수하게 해주소서."

메넬라오스가 긴 창을 힘차게 들어올렸다. 창은 번쩍 빛을 내며 검은 그림자가 허공을 향해 날아가듯 파리스의 방패를 뚫고 들어갔다. 파리스가 슬쩍 몸을 비틀어 다행히 어두운 죽음의 운명을 피해 갔다.

메넬라오스가 다시 칼을 빼들고 파리스의 투구를 향해 내리쳤으나 이번에는 칼이 부러지고 말았다. 메넬라오스는 제우스를 향해 탄식했으나 포기하지 않았다. 다시 파리스의 투구를 세차게 휘어 잡고 끌고 갔다. 투구의 가죽끈이 파리스의 목줄기를 죄었다.

이때 두 사람의 싸움을 바라보던 제우스의 딸, 아프로디테가 재빨리 황소의 가죽끈을 끊어버렸다. 그리고 짙은 안개로 파리스를 감싸 안고 황급히 파리스의 방으로 데려왔다. 그리고 탑 위에서 싸움을 바라보고 있던 헬레네에게로 갔다.

아프로디테는 헬레네에게 파리스에게 가보라고 속삭였다. 그러나 헬레네는 아프로디테의 말을 들으려고 하지 않았다. 화가 난 여신이 소리쳤다.

"내 말을 거역하며 화를 돋우는 날엔, 그리스 인과 트로이 인 사이에 더욱 처절한 전쟁이 벌어지게 될 것이야. 그러니 내 말을 따르는 것이 좋을 것이다."

여신의 호통에 겁에 질린 헬레네는 황급히 파리스에게로 달려갔다. 아프로디테는 재빨리 의자를 가져다가 파리스 곁에 놓았다. 헬레네는 의자에 앉았으나 파리스를 외면한 채 말했다.

"전쟁터에서 죽어야 할 분이 어떻게 집으로 돌아온 것이지요? 메넬라오스보다 훨씬 용감한 전사라 자랑했으니 가서 일대일로 대결하세요. 그런데 메넬라오스의 창에 찔려 죽을 것이 뻔한데 차마 다시 돌아가라는 말은 못하겠군요."

헬레네의 비난에 파리스가 대답했다.

"당신의 비난을 들으니 내 마음이 아프군요. 이번에는 메넬라오스가 아테나의 도움으로 승리했지만 다음에는 틀림없이 내가 이길 것이오. 우리에게도 우리를 보호해주시는 신들이 있어요. 난 지금 당신을 스파르타에서 빼앗아 올 때보다 더 당신을 사랑하고 싶을 뿐이오."

한편 메넬라오스는 파리스를 찾아내려고 트로이 병사들 사이를 뒤지고 다녔다. 그러나 트로이 병사 누구 하나 그에게 파리스를 찾아내 주지 못했다.

만약 그들이 파리스를 발견했다면 그를 숨겨주지 않았을 것이다. 모든 트로이 병사들은 죽음의 그림자를 가져온 파리스를 미워하고 있었기 때문이다.

이때 아트레우스의 아들, 아가멤논이 소리쳤다.

"트로이 병사들이여, 메넬라오스가 승리를 거두었다. 그러니 우리가 맺은 맹약에 따라 헬레네와 보물을 우리에게 돌려보내라!"

그러자 그의 부하들이 환호를 지르며 일어섰다.

제4권

맹약은 깨지고, 전쟁이 시작되다

올림포스 신들의 회의

올림포스의 신들은 넥타르를 마시며 트로이를 내려다보고 있었다. 헤라의 화를 돋울 양으로 제우스가 퉁명스럽게 말했다.

"욕심이 끝이 없는 헤라여, 저렇게 훌륭하게 잘 지어진 도시, 트로이를 왜 그렇게 파괴하려는 것이요. 프리아모스와 그의 아들들과 트로이 인들에게 재앙을 내리고 싶다면, 마음대로 하시오. 그렇

지만 한 가지만 기억하세요. 당신이 아무리 사랑하는 도시일지라
도 내가 무너뜨리고 싶을 때는 나를 막을 수 없을 거요. 프리아모
스의 도시는 나를 칭송하며 재물을 많이 바치는 도시이며, 내가 가
장 아끼는 도시라는 것이요."

헤라가 눈을 커다랗게 치뜨며 대답했다.

"좋아요! 내가 가장 사랑하는 도시는 아르고스와 스파르타, 그
리고 미케네예요. 이 도시가 당신 마음에 들지 않을 때는 언제라도
부숴버리세요. 이 세상에서 가장 강한 당신을 누가 막을 수 있겠어
요. 그러나 나 역시 크로노스의 딸이며, 모든 불멸의 신을 다스리
는 당신의 아내이기 때문에 나의 생각을 다른 신들도 따르리라 생
각해요. 그러니 당신은 어서 아테나에게 명하여 트로이 인들로 하
여금 맹세를 깨뜨리고 그리스 인들을 공격하라고 하세요."

신과 인간들의 아버지, 제우스는 헤라의 말에 따라 아테나에게
전쟁을 일으키라고 명했다. 아테나가 올림포스 산에서 병사들 사
이로 뛰어내리자 수많은 별빛이 부서져 터지는 듯 환한 빛이 땅위
를 비추었다.

아테나는 트로인 병사들 사이로 들어가 판다로스를 찾아냈다.
그리고 그의 곁으로 다가가 거침없이 흘러가는 물처럼 말을 쏟아냈
다.

"아, 자랑스러운 뤼카온의 아들, 활쏘기의 명수여, 화살을 날려
메넬라오스를 쓰러뜨려라. 그러면 파리스에게서 가장 훌륭한 감사
의 말을 듣게 될 것이며 모든 트로이 인들로부터 칭송을 들을 것이

다."

아테나는 판다로스의 우둔한 영웅심이 활활 타오르게 했다. 판다로스는 즉시 화살을 활시위에 얹은 다음, 명궁의 신, 아폴론에게 훌륭한 제물을 바치겠다고 기도를 올렸다. 그리고 힘껏 활시위를 당겼다.

날카로운 소리와 함께 메넬라오스에게 화살이 날아갔으나, 불멸의 신들은 메넬라오스를 결코 잊지 않고 있었다. 마치 감미로운 꿈을 꾸듯 행복하게 잠들어 있는 아이 옆을 날아다니는 파리를 내쫓는 어머니처럼 아테나는 화살이 메넬라오스를 비켜나가게 했다.

화살은 메넬라오스의 단단한 벨트를 뚫고 옆구리의 살갗을 살짝 스쳐 지나갔다. 상처에서 검은 피가 흘러내려 마치 여인들이 말의 장식을 만들 때 상앗빛을 붉은 색으로 염색하듯 메넬라오스의 허벅지, 다리 그리고 발목을 붉게 물들였다.

아가멤논이 깜짝 놀라며 몸을 떨었다. 전사 중의 전사인 메넬라오스도 흠칫 놀랐으나 화살촉이 빗나간 것을 발견하는 순간 다시 용기가 샘솟듯 차올랐다.

인간들의 통치자, 아가멤논이 메넬라오스의 손을 잡고 흐느끼듯 소리를 질렀다.

"사랑하는 동생이여, 너 혼자 싸우게 하여 너를 죽음으로 내몰 뻔했구나. 트로이 인들이 먼저 맹약을 저버렸으니 반드시 신께서 그들의 머리 위로, 그들의 아내와 아이들이 대가를 치르게 할 것이다."

그리고 전령에게 일러 가장 믿을 만한 치료사, 아스클레피오스의 아들 마카온을 데리고 오라고 소리쳤다.

맹약을 깨뜨리다

전령은 청동 갑옷으로 무장한, 그리스 병사들 사이에서 마카온을 발견하고 데리고 왔다. 금발의 메넬라오스는 부상당한 채 여러 장수들에 둘러싸여 있었다. 마카온이 그들 사이를 헤치고 메넬라오스에게 다가갔다. 그는 조금도 주저함이 없이 허리띠에서 화살을 뽑아냈다. 그리고 상처난 곳의 피를 빨아내고 고통을 없애는 약을 붙였다.

이들이 메넬라오스를 보살피는 동안 아가멤논은 전의를 불태우는 그리스 병사들 사이를 돌아다니며 그들을 격려했다.

"진정으로 용맹한 전사들이여, 그대들의 용기를 발휘할 시간을 더 이상 늦추지 않기를 바란다. 제우스는 거짓을 맹세한 트로이 인들을 결코 용서하지 않을 것이다. 그들은 사나운 독수리에 살이 찢겨지는 고통을 당하게 될 것이며 도시가 함락되는 날, 그들의 아내와 자식들이 그리스 인들의 배에 실려 노예로 팔려가게 될 것이다."

그때 크레타의 용장, 이도메네우스가 아가멤논에게 말했다.

"나를 믿으시오. 난 그대와 맹세한 전우로서의 약속을 충실히 이

행할 것이요. 맹약을 어긴 트로이 인들에게는 죽음과 슬픔만 있을 뿐이요.”

아가멤논은 훈훈한 우정을 느끼며 그곳을 지나 멀리 보이는 두 아이아스에게로 갔다. 그들 뒤로는 방패와 창으로 무장한 아르고스의 젊은이들이 구름 떼처럼 뒤따르고 있었다.

또한 힘차고 간결한 목소리로 필로스의 병사들을 정렬시키는 네스토르가 있었다. 그는 전차병들에게 말을 잘 다루어야 적의 전차를 공격할 수 있다는 것을 상기시키고 있었다.

또한 케팔렌 인들이 뛰어난 전략가, 오디세우스 옆에 대열을 이루고 있었으며 가장 용맹무쌍한 디오메데스 뒤를 따르는 수많은 그리스 병사들은 밀집대형을 이루며 조금씩 앞으로 나아갔다. 그들은 총지휘관의 명령만을 기다렸다.

마침내 말을 잘 다루는 튀데우스의 아들, 디오메데스가 전차에서 땅 위로 훌쩍 뛰어내렸다. 그러자 그의 가슴받이 청동 갑옷이 흔들리며 무시무시한 소리를 냈다. 쟁그랑거리는 그 소리는 공포에 사로잡히게 할 정도로 소름 끼치는 것이었다.

마치 서쪽에서 불어오는 바람에 일기 시작한 파도가 해안을 향해 물밀 듯이 달려가다가 뭍에 이르러 부서지면서 새하얀 거품과 함께 우렁찬 소리를 내듯이, 그렇게 그리스 병사들은 파도처럼 전쟁터로 달려나갔다. 그들은 정교하게 만든 갑옷을 입고 무기를 들었으며 대장들의 고함소리에 따라 쉴 새 없이 앞으로 나아갔다.

한편 트로이 병사들의 진지는 소음으로 가득했다. 여러 곳에서 동맹군으로 합세한 병사들은 각기 서로 다른 언어를 사용했기 때문에 그들이 내지르는 소리는 서로 뒤섞이며 맞부딪쳤다. 마치 안마당에 몰려 있는 암양들이 끊임없이 울어대는 소리처럼 웅웅거렸다.

트로이 인들은 아레스가 격려했으며, 반짝이는 눈의 아테나가 양 떼를 몰 듯 그리스 병사들을 몰아쳤다. 그 가운데 불화의 여신, 에리스가 전쟁의 불씨를 퍼뜨리며 돌아다녔다.

마침내 양군의 병사들이 한 지점에서 서로 마주쳤다. 두 줄기의 골짜기가 세차게 흐르다가 한 곳에서 합류되었을 때처럼 창과 방패들이 맞부딪치며 요란한 소리가 났다. 또한 죽고 죽이는 자들의 신음소리와 함께 대지는 순식간에 피로 물들기 시작했다.

분노에 찬 병사들의 외침이 멀리 떨어져 있는 산 언덕의 양치기에게 천둥소리처럼 들렸다.

텔라몬의 아들 아이아스의 창에 안테미온의 아들 시모에이스가 쓰러졌으며, 빛나는 가슴받이를 입은 프리아모스의 아들 안티포스가 아이아스를 향해 던진 창에 오디세우스의 절친한 친구, 레우코스가 맞았다.

친구의 죽음은 오디세우스를 격분시켰다. 활활 타는 듯한 불빛을 쏟아내는 청동 투구로 무장한 오디세우스가 대열의 맨 앞으로 나섰다. 그리고 적을 향해 창을 날리자 트로이 병사들이 뒤로 물러났다.

오디세우스의 창은 프리아모스의 서자 데모코온을 쓰러뜨렸다. 그러자 트로이 병사들 맨 앞에 서 있던 헥토르가 뒤로 물러났다. 그리스 병사들은 더욱 의기양양하게 함성을 지르며 앞으로 밀고 나갔다.

이때 트로이의 성채에서 내려다보고 있던 아폴론이 트로이 병사들을 향해 화를 내며 소리쳤다.

"말을 잘 모는 트로이의 병사들이여 일어나라. 그리스 인들에게서 물러서지 말아라. 그들의 살갗이 청동으로도 베어지지 않는 돌이나 쇠로 만들어진 것이 아니다. 게다가 아름답게 윤이 나는 머릿결, 테티스의 아들, 아킬레우스는 싸우러 나오지도 않았다!"

한편 제우스의 딸 아테나는 뒤로 물러서려는 그리스 병사들이 보일 때마다 달려가 그들을 격려했다. 이날 전쟁터에는 그리스와 트로이의 전사들이 먼지 속에 고개를 처박고 나란히 누워 있었다.

제5권

신을 공격하는 디오메데스

아프로디테를 공격하는 디오메데스

이제 아테나가 튀데우스의 아들, 디오메데스에게 강력한 힘과 용기를 주고 싶어 했다. 여신은 오케아노스 강에서 목욕을 하고 찬란한 빛을 내며 떠오르는 별처럼, 디오메데스에게 용기를 주어 가장 치열한 싸움터 한가운데로 내보냈다.

양쪽 병사들이 격렬하게 싸우는 가운데 디오메데스는 어느 편에서 싸우는지 알 수 없을 정도였다. 얼마나 사납게 날뛰는지 세차게 불어난 빗물이 제방을 무너뜨리듯, 트로이 병사들의 밀집대열이 디오메데스 앞에서 무너져내렸다.

그러자 이를 바라보던 뛰어난 궁수, 판다로스가 디오메데스의 오른쪽 어깨를 향해 날카로운 화살을 쏘아 날렸다. 화살이 뚫고 들어가 그의 가슴받이가 피로 물들자 판다로스는 자신의 병사들을 향해 승리를 외치며 기뻐했다.

그러나 디오메데스는 쓰러지지 않았다. 그는 동료인 스테넬로스에게 화살을 뽑아달라고 부탁했다. 그리고 상처 난 어깨에서 피가 솟구치는 동안 큰소리로 기도하기 시작했다.

"제우스의 딸, 아테나 여신이여, 내 기도를 들어주세요. 나를 쓰러뜨리고 오래지 않아 밝은 날을 볼 수 없을 것이라며 승리를 자랑하고 있는 저자를 찌를 수 있도록 도와주세요."

기도를 들은 아테나는 디오메데스를 벌떡 일으켜 세우고 말했다.

"자, 일어나 싸워라. 너의 아버지가 자랑하던 용기를 너에게 불어넣어 줄 것이다. 또한 너의 눈앞을 가로막고 있는 안개를 걷어냈으니, 너는 신과 인간을 구별할 수 있을 것이다. 넌 절대 죽지 않는 신들과 맞서서는 안된다. 다만 제우스의 딸, 아프로디테가 싸움터에 나타나면 날카로운 창으로 그녀를 공격해라."

여신의 말에 용기를 얻은 디오메데스는 더욱 맹렬한 기세로 트로이 병사들 속으로 뛰어들어갔다. 트로이 병사들은 마당에서 쫓겨나가는 양 떼들처럼 도망치기 시작했다.

디오메데스에 의해 전사들의 대열이 마구 짓밟히는 것을 본 아이네이아스는 빗발처럼 쏟아지는 창들을 피하며 판다로스를 찾아 나섰다. 그리고 두려움을 모르는 뤼키온의 아들 판다로스에게 다가가 소리질렀다.

"판다로스여, 너의 활과 날개가 달린 것처럼 빠른 화살은 어디에 있는 것이냐? 제우스께 기도를 드린 다음 트로이 병사들을 무너뜨리고 있는 저자에게 화살을 쏘아라."

판다로스가 대답했다.

"내가 이미 그에게 화살을 날려 어깨를 맞추었습니다. 하데스에게로 갔을 것으로 생각했는데 아직 그를 쓰러뜨리지 못했다니, 이것은 어떤 신이 화를 내고 있는 것이 분명합니다! 아무짝에도 쓸모없는 내 활과 화살은 불 속에 처넣어버려야겠습니다."

그러나 트로이 병사들의 총대장, 아이네이아스가 얼른 제지하듯 외쳤다.

"그렇게 성급한 판단을 할 필요가 없다. 내 전차를 함께 타고 가서 디오메데스와 맞서기 전까지는 말이다."

이렇게 말하고 두 사람은 전차에 올라타고 디오메데스를 향해 전차를 몰고 나갔다. 아이네이아스는 여신 아프로디테의 아들이며, 제우스께서 내려주신 가장 혈통이 훌륭한 말들이 그의 전차를 몰았다. 전차는 쏜살같이 내달려 디오메데스에게로 가까이 갔다.

판다로스가 먼저 소리쳤다. 그리고 창으로 공격 자세를 취했다.

"내 화살이 빗나갔으나 이번에는 이것으로 너를 반드시 죽일 것이다!"

창은 검은 그림자를 길게 그리며 날아가 디오메데스의 방패를 찔렀다. 날카로운 창끝이 가슴받이 오른쪽으로 스쳐 지나갔다.

용맹한 디오메데스는 창이 빗나갔음을 조롱하며 판다로스를 향해 창을 날렸다. 아테나가 창을 인도하여 판다로스의 얼굴을 겨냥하게 했다. 창에 맞은 판다로스가 전차에서 떨어졌으며 판다로스의 빛나는 갑옷들이 요란한 소리를 냈다. 그리고 그의 목숨과 용맹했던 힘은 바람결에 실려 사라져갔다.

아이네이아스는 황급히 마차에서 뛰어내려 판다로스의 시신 곁으로 걸어갔다. 그리고 방패와 긴 창을 휘두르며 고함을 질러댔다. 동시에 디오메데스도 두 명이 들어야 들 수 있을 정도의 돌을 번쩍 들어올리더니 아이네이아스의 허리를 향해 던졌다.

위대한 전사 아이네이아스는 무릎을 꿇으며 억센 팔뚝으로 몸을 유지하려 했으나 어둠이 그의 두 눈을 가로막아 세상은 순식간에 캄캄해져버렸다. 만약 제우스의 딸인 아프로디테가 그녀의 빛나는 겉옷으로 재빨리 그를 감싸지 않았다면 죽었을 것이다. 여신은 사랑하는 아들을 데리고 전쟁터에서 빠져나갔다.

그러자 스테넬로스는 아이네이아스가 죽거든 그의 전차를 몰던 갈기 고운 훌륭한 말들을 차지하라고 했던 디오메데스의 명령을 기억했다. 그는 재빨리 달려가 그 말들을 그리스 병사쪽으로 몰고 갔다.

그동안 디오메데스는 아프로디테를 쫓아가 그녀를 따라잡았다. 그리고 무시무시한 청동을 공격적으로 휘둘렀다. 디오메데스는 그녀가 전쟁을 부추기는 아테나나 에뉘오[1] 같은 강력한 신이 아니라 연약한 신이라는 것을 알고 있었기 때문이다.

그의 날카로운 창끝이 여신의 부드러운 손목을 찔렀다. 그러자 찢어진 부분에서 신들의 몸속에 흐르는 이코르가 흘러내렸다. 신들은 빵도 먹지 않고 빛나는 와인도 먹지 않기 때문에 몸속에는 피가 없다. 그래서 불사신이라고 한다.

아프로디테는 날카로운 비명을 지르며 아들을 떨어뜨렸다. 그러자 아폴론이 두 손을 내밀어 받은 다음 검은 안개로 소용돌이치듯 감싸안았다.

그때 아프로디테는 난폭한 아레스가 짙은 뭉게구름 위에 긴 창을 팽팽히 세우고 말들을 일렬로 세워 놓고 앉아 있는 것을 발견했다. 여신은 무릎을 꿇고 사랑하는 오빠에게 황금빛 굴레를 씌운 말들을 빌려달라고 간청했다.

"말을 타고 올림포스로 돌아가게 해주세요. 상처 때문에 너무 아파요. 인간이 감히 나를 공격했어요. 디오메데스는 아버지 제우스에게 덤빌 태세랍니다!"

아레스는 말들을 내주었다. 아프로디테가 말들이 이끄는 수레에 타자 말은 나는 듯이 달려가 험준한 올림포스에 가 닿았다.

---

1) 전쟁의 신, 아레스의 동반자.

아프로디테가 어머니 디오네 앞으로 쓰러지자, 디오네는 딸을 안아주며 누가 이런 짓을 했느냐며 소리쳤다.

"디오메데스가 나를 찔렀답니다. 보세요! 이제 트로이와 그리스의 전쟁이 아니랍니다. 그리스 인들이 이제 신들에게 덤벼들고 있어요."

그러자 여신들 중 가장 고귀한 디오네가 크게 화를 내며 말했다.

"올림포스의 신들에게 활을 쏘다니, 어리석은 놈이로구나. 활활 타오르는 눈빛의 아테나가 그렇게 하도록 했을 것이다. 신과 대결하려는 인간은 목숨이 길지 않다는 것을 알지 못한단 말이냐?"

그리스와 트로이 편으로 나뉜 올림포스 신들

두 여신을 바라보고 있던 헤라와 아테나는 조롱하는 어투로 제우스를 자극했다.

아테나가 눈빛을 반짝이며 말했다.

"사랑의 여신, 아프로디테는 트로이가 갈망하고 기대하는 가장 아름다운 여인[2]을 그들에게 보내어 그리스 병사들을 자극한 것이 틀림없어요. 그래서 그 아름다운 여인의 찰랑거리는 가운을 어루만지다가 황금빛 핀에 손목이 찔린 것이랍니다."

2) 트로이의 왕자 파리스가 데려간 헬레네.

그러자 제우스가 아프로디테에게 말했다.

"아가야, 전쟁이나 싸움과 같은 것은 너의 일이 아니란다. 넌 서
서히 타오르는 불꽃과도 같은 일, 결혼이나 돌보도록 해라. 피를
보는 것은 아테나와 아레스가 할 일이란다."

신들이 이야기를 주고 받는 동안 디오메데스는 아폴론이 돌보고
있는 줄 알면서도 아이네이아스를 죽이기 위해 덤벼들었다. 한 번,
두 번, 세 번을 시도했으나 그때마다 아폴론이 나서서 막아내며 말
했다.

"튀데우스의 아들이여, 이제 그만 물러섰거라! 신과 겨루는 것은
미친 짓이다. 불사신인 신들과 땅 위를 걷고 있는 인간이 결코 대
등할 수는 없다."

아폴론의 노여움에 디오메데스는 잠시 뒤로 물러섰다.

이때 잔혹한 아레스가 트라케의 왕자 아카마스의 모습을 하고
트로이 병사쪽으로 달려가 프리아모스의 아들들에게 더욱 맹렬히
싸울 것을 독려했다.

이에 사르페돈이 헥토르를 비난하고 나섰다. 적군에 의해 도시
가 약탈되고 백성들이 위험에 처할 지경이니, 동맹군에게 원조를
청하고 용기 있게 맞서야 한다고 외쳤다.

사르페돈의 비난은 헥토르의 마음을 아프게 했다. 헥토르는 무장
을 한 채 전차에서 뛰어내렸다. 그리고 날카로운 두 개의 창을 휘두
르며 싸움터를 돌아다녔다. 그리고 트로이 병사들을 격려했다.

이에 트로이 병사들은 그리스 병사들과 일대일로 맞붙었으며 이

로써 전쟁은 더욱 거세어졌다. 마치 타작 마당에 불어오는 바람에 날리는 한무더기의 겨로 인해 먼지가 일 듯이 전쟁터는 희뿌연 먼지로 가득 찼다. 게다가 하늘을 향해 뛰어오르는 말발굽의 먼지까지 더해졌다.

그러는 동안 아폴론은 아이네이아스에게 용기를 불어넣어 싸움터로 보냈다. 여기에 헥토르와 사르페돈까지 나서자 그리스 병사들은 트로이 병사들의 강력한 방어력를 느끼게 되었다.

이때 믿음직한 헤라클레스의 아들, 틀레폴레모스가 사르페돈에 대항하여 나섰다.

두 사람의 손에서 동시에 긴 창이 날았다. 사르페돈에게서 날아간 창이 곧바로 틀레폴레모스의 목을 정확하게 뚫고 나갔다. 그리고 칠흑 같은 어둠이 틀레폴레모스의 두 눈을 휘감았다. 그리스 병사들은 그의 시체를 싸움터에서 황급히 끌고 갔다.

틀레폴레모스의 시신을 바라보던 오디세우스는 마음속으로 분을 참지 못했다. 그는 천둥을 다스리는 제우스의 후예라고 하는 사르페돈을 공격할 것인지, 아니면 그의 병사들을 공격할 것인지 잠시 생각했다.

이때 아테나가 오디세우스의 마음을 움직여 사르페돈의 병사들을 공격하게 했다. 오디세우스가 트로이 병사들을 마구 죽이는 것을 바라보고 있던 헥토르가 대열 앞으로 걸어나왔다.

청동으로 무장한 헥토르 곁에는 잔혹한 아레스가 있었다. 이에 그리스 병사들은 조금씩 뒤로 물러나기 시작했다.

눈부시게 빛나는 흰 팔의 여신 헤라는 양군의 치열한 싸움에서 그리스 병사들이 죽어가는 것을 보자 아테나 여신에게 말했다.

"잔악한 아레스가 사납게 날뛰고 있으니 우리도 맹렬한 전투력으로 무장을 해야 한다."

아테나 여신은 갑옷을 챙겨 입고 양쪽 어깨에 아이기스를 걸쳤다. 그리고 황금 투구를 쓴 다음 수레에 올라타고 가장 무겁고 커다란 창을 들었다. 헤라가 채찍으로 말을 휘두르자 하늘의 문이 소리를 내며 열렸다.

두 여신은 하늘의 문을 지나 달려갔다. 이때 올림포스 가장 높은 봉우리에 앉아 있는 제우스를 향해 헤라가 말했다.

"아버지 제우스여, 아레스를 응징하면 저를 비난하실 건가요?"

"아니오. 아레스를 혼내줄 수 있는 신은 아테나이니, 그녀에게 아레스와 맞서라고 하시오."

두 여신은 그리스 병사들을 구하겠다는 열망을 가지고 용맹한 전사 디오메데스가 있는 곳으로 달려갔다. 아테나 여신은 디오메데스를 발견하고 이렇게 말했다.

"내가 그대 곁에 있을 것이니, 잔악한 아레스라 할지라도 두려워할 필요가 없다."

그러자 디오메데스는 우렁찬 소리를 지르며 청동 창을 들고 아레스에게 덤벼들었다. 그의 창은 아레스의 아래쪽 복부를 찌른 다음 다시 뽑혔다.

아레스가 고통으로 울부짖었다. 그 소리가 어찌나 크던지 싸움터에서 1만 명의 병사들이 내지르는 소리처럼 들렸다.

아레스는 황급히 구름 사이로 모습을 감추며 신들이 사는 올림 포스로 올라갔다. 제우스는 싸움만 일삼는 아레스를 야단쳤으나 다른 신에게 상처를 치료해주라고 명령했다.

아레스를 일단 제지한 헤라와 아테나도 올림포스의 궁전으로 다 시 돌아왔다.

제6권

트로이 궁으로 돌아온 헥토르

헬레노스의 예언

　양군의 병사들이 더욱 치열하게 맞붙은 가운데 전투는 앞으로
몰렸다가 다시 뒤로 내밀리는 상황이 계속되었다.

　함성의 선두주자, 메넬라오스가 트로이 인 아드라스토스를 사로
잡았다. 그러나 아드라스토스가 메넬라오스의 무릎을 잡고 자신의
몸값으로 황금과 보물을 줄 터이니 살려달라고 애원했다. 이에 메

델라오스의 마음이 움직이는 것을 본 아가멤논이 그를 꾸짖었다.

"아, 유약한 동생이여, 적을 염려하다니. 저들 중 우리 손에서 살아남을 수 있는 사람은 한 사람도 없어야 한다. 그들을 일리오스에서 완전히 섬멸해야 한다."

이렇게 하여 아드라스토스는 두 형제의 손에 사라졌다.

한편 트로이의 왕, 프리아모스의 아들이며 날아가는 새를 관찰하여 예언을 하는 헬레노스가 아이네이아스와 헥토르에게로 성큼성큼 다가가더니 말했다.

"오, 우리의 장군들이여! 우리의 군사들에게 용기를 불어넣어 주세요. 그러면 성문 앞에서 굳건히 버틸 수 있을 것입니다. 그리고 우리는 아테나의 신전에 제를 올려야 합니다. 그러니 헥토르는 궁으로 돌아가서 트로이의 여인들을 불러 모으세요. 도성 안에 있는 회색빛 눈동자의 아테나 신전으로 가서, 여신의 무릎 위에 가장 거룩한 옷[1]을 바치게 하세요. 그리고 그리스의 사나운 투창수 디오메데스를 물리치게 해주신다면 신성한 제물을 바치겠다고 하세요. 전사들의 우두머리인 아킬레우스 앞에서도 이처럼 두려웠던 적이 없었소. 저자의 광포함을 상대할 사람이 없으니 말이요."

헬레노스의 말에 따라 헥토르는 일단 성 안으로 들어가기로 하고 투구를 번쩍이며 달려갔다.

그러나 전쟁터의 병사들은 여전히 서로 싸우기를 열망하고 있었

1) 페블로스라고 한다. 아테나 여신의 거룩한 치마.

다. 마침내 디오메데스와 글라우코스가 적진 한가운데에서 마주쳤다. 먼저 디오메데스가 우렁차게 함성을 질렀다.

"감히 나와 맞서겠다는 당신은 대체 누구란 말인가? 내게 맞서는 자는 그 자신은 물론이고 자손들까지 남김없이 불행에 빠질 터이다. 하지만 그대가 하늘에서 내려온 불사신이라면 싸우지 않을 것이다. 일찍이 하늘의 신에 대적한 뤼쿠르고스는 제우스의 노여움으로 눈이 멀었으며 모든 불사신들의 미움을 받아 오래 살지 못했기 때문이다. 그러나 대지의 씨앗을 먹는 인간이라면 나와 대적해보아라."

그러나 두 사람은 자신의 조상들이 우정의 선물을 나눈 절친한 사이였다는 것을 확인하게 된 순간, 전차에서 내려 두 손을 마주잡고 우정을 다짐했다. 이때 글라우코스는 잠시 분별력을 잃고 값으로 비교도 안되는, 황소 백 마리의 가치가 있는 자신의 황금 갑옷을 황소 아홉 마리의 가치밖에 없는 디오메데스의 청동 갑옷과 맞바꾸어버렸다.

아테나에게 기도하는 트로이의 여인들

한편 헥토르가 스카이아이 성문에 다다르자 트로이의 모든 백성들이 그의 주변으로 둘러섰다. 그들은 남편과 아들, 그리고 형제가 무사한지를 물었다. 헥토르는 사람들에게 기도를 올리라고 했지만 이미 그들 머리 위에는 잔인한 슬픔이 내려앉고 있었다.

헥토르는 프리아모스의 궁전에 도착했다. 궁전은 광택이 나는 주랑이 열지어 세워져 있는 장엄한 건물이었다. 그리고 복도를 따라 프리아모스 자식들의 침실 수십 개가 있었다.

헥토르의 어머니는 궁으로 들어서는 아들을 보자 달려가 손을 마주잡고 말했다.

"아들아, 어찌하여 싸우다 말고 전쟁터에서 돌아온 것이냐? 일단 꿀처럼 달콤하고 향긋한 포도주를 제우스와 다른 불사신들에게 올린 다음 너도 마시거라. 백성들을 위해 싸우다 지친 너에게 새로운 힘이 솟아나게 해줄 것이다."

"어머니, 저를 위한 포도주는 가져오지 마세요. 어머니께서는 트로이의 여인들을 불러 모으세요. 그리고 제물을 들고 아테나 신전으로 가셔서 여신을 위한 제를 올리고 기도해주세요. 저는 그동안 파리스를 찾아서 싸움터로 불러내려고 합니다. 제 말을 들을지 모르겠지만 정말이지 대지가 입을 크게 벌리고 그놈을 삼켜버렸으면 좋겠습니다. 올림포스의 주인인, 제우스는 아마도 우리 트로이와 프리아모스의 형제들에게 재앙을 내리려고 그놈을 키운 것이 분명해요!"

트로이의 여인들은 시돈[2]의 여인들이 수놓은 옷 중에서 가장 고귀하게 빛나는 것을 들고 신전으로 향했다. 그리고 신전의 여사제,

---

2) 고대 페니키아의 항구 도시. 유리 · 상아 · 금은 세공 등을 교역하는 무역항이었다.

테아노에게 기도를 올리라고 했다. 그러나 여신은 여사제의 기도에 귀 기울이지 않았다.

그녀들이 기도를 올리는 동안 헥토르는 신경에 날 선 듯한 기세로 파리스의 아름다운 궁으로 달려갔다. 파리스는 침실에서 그의 훌륭한 무구들을 반짝반짝 빛나게 손질하고 있었으며 아르고스의 헬레네는 시녀들에게 수놓는 일을 시키고 있었다.

헥토르는 파리스를 향해 신랄한 말을 거침없이 쏟아냈다.

"도대체 무엇을 하고 있는 거냐? 마음속으로 화만 내고 있을 일이 아니다. 가파른 성벽 아래에서는 우리의 백성들이 죽어가고 있으며 너로 인해 전쟁의 불길이 점점 더 타오르고 있는 것이 보이지 않느냐! 트로이가 완전히 불에 타버리기 전에 일어나 싸우거라!"

그러자 파리스가 대답했다.

"형님, 전 형님의 비난을 들어도 마땅합니다. 전 화를 내고 있는 것이 아니라, 슬퍼하고 있는 것이랍니다. 헬레네도 전쟁터로 나가라고 말하고 있었습니다. 곧 갑옷과 창을 준비하고 따라나서겠습니다."

그러나 투구만 번쩍번쩍 빛이 날 뿐 헥토르에게서 아무런 대꾸가 없자, 헬레네가 상냥하게 말을 건넸다.

"이 끔찍한 재앙은 바로 쓸모없는 나 때문이랍니다. 이 모든 일들이 일어나기 전에, 난 어머니에게서 태어날 때 세찬 바람에 휩쓸려 산 속으로 사라지거나, 거친 파도가 나를 삼켜버렸으면 좋았을 것입니다. 제우스가 모든 것을 운명 짓기 전, 난 훌륭한 남자의 아내가 되기를 원했답니다. 그러나 이 남자는 지금 그렇지 못해요. 그렇지만 맹세컨대 이 남자가 결실을 맺을 것이니 믿어주세요. 사랑에 눈이 멀어 미쳐버린 남자와 나 때문에 일어난 전쟁으로 가장 곤욕을 치르신 형님은 이제 앉아서 좀 쉬세요. 우린 제우스에 의해 죽을 운명으로 정해졌지만 후세 사람들이 우리를 영원히 노래해주지 않을까요."

트로이의 위대한 전사, 헥토르

헥토르는 헬레네에게 파리스를 무장시키라 말하고 자신은 아내와 가족들을 만나기 위해 그의 집으로 향했다. 그러나 그는 자신의 집에서 아내를 만날 수 없었다. 하녀의 말에 의하면 헥토르의 아내 안드로마케는 트로이의 병사들이 그리스 병사들에게 고전하고 있다는 소식에 거의 미친 사람처럼 트로이 성벽으로 달려갔다는 것이다.

헥토르는 아내를 찾아 나섰으며 마침내 스카이아이 문 앞에서 아내와 별처럼 사랑스러운 아들을 만났다. 헥토르는 이 아이를 언제나 스카만드리오스라고 불렀다. 그러나 다른 사람들은 '성 안의 군주'라는 의미로 '아스튀아닉스'라고 했다. 그것은 헥토르가 오직 혼자서 일리오스(트로이)를 지켜냈기 때문이다.

안드로마케는 남편을 보자 눈물부터 흘리며 말했다.

"용기가 당신을 망쳐버리고 말 거예요. 그리스 병사들이 전부 달려들어 당신을 죽여버린다면 난 땅속으로 가라앉아버리는 편이 나아요. 당신마저 죽어버리면 나에겐 아무도 없어요. 어머니도, 아버지도…… 아버지는 아킬레우스에게 죽음을 당했으니까요. 강하고, 젊고, 따스한 나의 남자, 헥토르여. 나를 가엾게 여기신다면 여기 이 성벽 위를 지키면서 이곳에 있어요. 이곳은 가장 공격하기 좋은 지점인지라, 그리스의 가장 뛰어난 전사들, 두 아이아스, 이도메네우스, 아트레우스의 아들, 강력한 디오메데스가 벌써 세 번이나 공격을 했었답니다."

그러자 헥토르가 대답했다.

"하지만 내가 비겁하게 전쟁터에서 물러난다면 트로이 백성들 앞에서 얼굴을 들 수 없을 것이요. 내 영혼이 그것을 허락하지 않아요. 그러나 당신이 청동 갑옷을 입은 그리스 병사들에게 끌려가 당하게 될 고통을 생각하면 그보다 더한 아픔은 없소. 당신의 고통스러운 소리를 듣기 전에 대지 아래로 나의 죽은 몸이 들어가기를 바랄 뿐이요."

그리고 헥토르는 아이를 향해 팔을 내밀었으나 아버지의 모습에 놀란 아이는 소리를 지르며 유모의 풍성한 가슴속으로 달려들었다. 청동 투구의 말총 장식이 요란하게 흔들리는 것을 보고 겁에 질렸던 것이다.

헥토르는 웃음을 터뜨리며 얼른 투구를 벗었다. 그리고 아들에게 키스를 하며 아이를 안아들었다. 그리고 기도를 올렸다.

"불사의 신, 제우스여! 이 아이도 저와 같이 모든 트로이 인 중에서 가장 뛰어난 전사가 되게 해주소서. '아버지보다 훨씬 용감한 아들이로구나!'라는 말을 듣게 해주시고 전쟁터에서 적들을 죽이고 전리품을 가지고 돌아와 어머니를 기쁘게 해줄 수 있도록 도와 주세요!"

신께 간절히 기도를 올린 다음 헥토르는 눈물을 흘리는 아내를 향해 말했다.

"사랑하는 안드로마케여, 너무 절망하지 마시오. 나를 죽음으로 내몰 수 있는 사람은 없소이다. 그러나 우리는 인간으로 태어난 이상 용감한 자이든, 겁쟁이든 운명을 피할 수는 없소. 당신은 집으로 돌아가 부녀자들이 해야 할 일을 하시오. 전쟁은 트로이의 모든 남자들, 그리고 반드시 내가 나서야 할 일이요."

헥토르가 투구를 집어들자, 그의 사랑하는 아내 안드로마케는 집으로 향했다. 그러나 몇 번이나 뒤돌아보면서 눈물을 흘렸다. 그리고 집에 도착한 그녀는 하녀들과 함께 헥토르에게 다가올 죽음을 애도했다. 그들은 헥토르가 살아 있는데도 그리스 병사들의 분노와 잔혹한 손길에서 벗어나 집으로 다시 돌아올 수 있으리라 믿지 못했기 때문이다.

한편 파리스 역시 자신의 집에 더 이상 머물러 있을 수 없었다. 청동 장식의 갑옷을 챙겨 입고 트로이 성을 통과하여 달려갔다. 전사 차림으로 달려나가는 프리아모스의 아들 파리스는 마치 태양처럼 빛이 났다.

파리스는 마침내 형, 헥토르를 만나자 먼저 말을 걸었다.

"형님, 제가 너무 우물쭈물하여 형님을 붙들어맨 것은 아닌가요?"

그러자 헥토르가 대답했다.

"그럴 리가 있느냐! 전쟁터에서 너를 과소평가할 사람이 있겠느냐? 너야말로 진정한 전사다. 그러나 네가 싸움터에서 주춤거리는 것을 본 트로이 병사들이 너를 비난하는 소리를 들을 때마다 내 마음이 너무 괴로웠다. 그러나 지금은 우리가 싸우러 갈 때이다. 트로이에서 그리스의 병사들을 몰아내고 영원불멸의 신들을 위해 포도주 잔을 들고 승리를 외칠 수 있도록 제우스가 허락해주는 날이 온다면, 그땐 이 모든 일들을 바로잡을 수 있을 것이다."

제7권

아이아스, 헥토르와 대결하다

헥토르의 도전장

헥토르가 성문 밖으로 달려나가자, 동생 파리스가 그의 곁을 따라갔다. 그들은 싸우려는 열망으로 가득 차 있었다. 뱃사람들이 사나운 바다에서 노를 저어 가다 지쳐버렸을 때 신께서 부드러운 바람을 보내주듯이, 절망에 사로잡혀 있는 트로이 병사들 앞에 두 사람은 신의 축복처럼 나타났다.

트로이 인들이 사납게 날뛰고 그리스 병사들이 죽어나가자 아테나의 눈에 불꽃이 일었다. 그녀는 당장에 올림포스 산에서 뛰어내려 트로이로 향했다. 그러자 페르가모스의 꼭대기에서 아폴론이 내려왔다. 그는 트로이 병사들의 승리를 원했기 때문이다.

마침내 두 신이 참나무 옆에서 얼굴을 마주했다. 제우스의 아들, 아폴론이 말문을 열었다.

"무엇이 너의 마음을 움직여 올림포스에서 뛰어내리게 한 것이냐? 네가 사랑하는 그리스 인들에게 승리를 안겨주려고 전세를 바꾸려는 것이 틀림없지? 그러나 오늘은 내 계획을 한번 들어봐라. 최소한 오늘만은 싸움을 잠시 중지하자. 저들은 내일이면 또다시 싸울 것이 틀림없을 테니까 말이다."

아테나가 눈을 번쩍 뜨며 물었다.

"아니, 어떻게 싸움을 중지시킬 수 있다는 것입니까?"

아폴론이 대답했다.

"말을 잘 다루는 헥토르가 용기백배하여 마구 덤벼들게 만드는 거야. 헥토르가 일대일로 결판을 내자며 도전을 하게 되면 그리스 인들도 헥토르에게 대적할 전사를 한 명 끌어내려고 하겠지."

두 신은 이러한 결정에 서로 합의를 했다. 그러나 신들의 의중을 알아챈, 헬레노스[1]가 헥토르 곁으로 다가갔다.

"프리아모스의 아들, 헥토르여. 내 말을 들어보세요. 동생으로

---

1) 프리아모스의 아들. 뛰어난 예언의 능력을 가졌다.

서 형이 나아갈 길을 가르쳐주려고 합니다. 트로이와 그리스의 모든 병사들의 싸움을 중지시키세요. 그리고 일대일로 결판을 내자고 하세요. 영원불멸의 신들의 얘기를 엿들었는데, 형은 아직 죽을 운명이 아니라고 하더군요."

이 말에 용기백배한 헥토르는 창을 들고 전쟁터 한가운데로 나갔다. 그리고 양쪽 병사 모두가 들을 수 있도록 커다랗게 소리쳤다.

"제우스가 우리 모두에게 죽음을 내리려는 것이 분명하다. 트로이가 함락되든지, 아니면 바다를 건너온 그대들이 죽어 함선 옆에 쓰러지든지……. 그러니 나와 대적할 그리스 용사가 있다면 당장 나와 일대일로 싸워보자. 제우스께서 우리의 증인이 되실 것이다. 만약 날카로운 그의 창이 나를 죽이면 갑옷을 벗겨 그대들의 함선으로 가져가고, 나의 시신은 집으로 돌려보내어 화장할 수 있게 해다오. 그러나 내가 그자를 죽여 아폴론이 나를 칭송하신다면 그의 갑옷을 벗겨 빛나는 활의 신, 아폴론 신전에 바칠 것이다."

그리스 병사들 대열 사이로 침묵이 흘렀다. 헥토르의 도전을 받아들이자니 두렵고, 거절하려니 수치스러웠기 때문이다.

제비뽑기를 하는 그리스 영웅들

침묵을 깨뜨리고 메넬라오스가 일어나 말했다.

"우리 중에서 헥토르에게 맞설 자가 없다면 그보다 더 큰 재앙은 없을 것이요. 내가 그와 싸울 것이요. 승리의 끈은 저 높은 곳에 있는 신의 손에 달려 있으니……."

이때 아트레우스의 아들이며 가장 지위가 높은, 아가멤논이 메넬라오스를 부르며 자리로 돌아가 앉으라고 말했다. 아가멤논은 아킬레우스조차도 두려워하는 장수가 헥토르라는 것을 알고 있었기 때문이다.

아가멤논이 메넬라오스를 설득하자 네스토르가 일어나 병사들 사이를 거닐며 말했다.

"커다란 슬픔이 우리에게 닥쳤구나. 내가 조금만 더 젊고 힘이 센 용사라면 헥토르에게 당상이라도 맞설 터인데…… 우리 중에서 헥토르와 대결할 용사가 정말 한 명도 없다는 말인가!"

늙은 선지자가 안타까운 듯 절규하자 그리스 전사들이 하나 둘 일어나기 시작했다.

가장 먼저 아가멤논이 일어섰으며 이어서 강한 힘이 넘치는 디오메데스, 맹렬한 기세로 무장한 두 아이아스, 이도메네우스와 그의 뛰어난 부관 메리오네스 그리고 에우아이몬의 뛰어난 아들 에우리필로스, 안드라이몬의 아들 토아스, 빛나는 공헌자 오디세우스까지 9명의 전사가 대결하겠다며 일어섰다.

그러자 네스토르는 다음과 같은 명령을 내렸다.

"이들 모두에게 차례대로 제비뽑기를 하게 합시다. 그리고 누가 뽑히든지 그가 만약 죽음의 결투에서 살아 돌아온다면 자신은 물론이고, 동료들 모두 그를 명예의 전사로 칭송할 것이다."

그러자 용사들은 각자의 이름을 표시한 돌을 아가멤논의 투구 안에 던져 넣었다. 네스토르가 투구를 한 번 흔들자 그중에서 하나의 돌이 튀어나왔다.

그것은 아이아스의 것이었다. 아이아스가 기뻐하며 말했다.

"동료들이여, 내 것이 틀림없네. 내 마음이 기쁨으로 가득 차는 것을 알 수 있다네. 난 반드시 헥토르를 이길 것이야. 그러니 자네들은 크로노스의 아들 제우스께 트로이 인들이 듣지 못하도록 기도를 해주게나. 아니, 들어도 상관없네. 난 누구도 두렵지 않네. 또한 어느 누구도 나를 패배시킬 수는 없을 것이야."

동료들이 기도를 올리는 동안 아이아스는 빛나는 청동으로 무장을 했다. 그리스 병사들의 최후의 보루인 아이아스는 결연한 미소와 함께 긴 그림자를 드리우는 창칼을 들고 성큼성큼 달려나갔다.

그리스 병사들은 아이아스를 바라보며 기뻐 날뛰었으나 트로이 인들은 두려움에 사로잡혀 무릎을 덜덜 떨고 있었다. 도전장을 던진 헥토르의 심장 또한 세차게 뛰었다. 이제 적을 피할 수도 없으며 그렇다고 뒤로 물러나 동료들 사이로 숨을 수도 없었다.

아이아스는 거대한 성벽 같은 방패를 들고 있었다. 그것은 튀기오스가 아이아스를 위해 만든 것으로, 일곱 겹의 황소가죽 위에 청동을 입힌 것이었다. 텔라몬의 아들, 아이아스는 가슴 앞을 이 방패로 철벽처럼 수비하며 헥토르에게 다가가 우렁찬 목소리로 위협했다.

"헥토르여, 이제 나와 일대일로 싸워보면 알게 될 것이다. 그리스 인 중에서 사자처럼 용맹한 아킬레우스 다음으로 누가 가장 용감한 자인지를 말이다. 그러니 이제 한번 맞붙어보자."

헥토르가 먼저 긴 창을 쳐들어 아이아스를 향해 던졌다. 창은 아이아스의 방패를 향해 날아가 여섯 겹을 가르고 꽂혔으나 일곱번째의 무시무시한 방패를 뚫지는 못했다. 그러자 이번에는 아이아스의 긴 창이 헥토르의 둥근 방패를 향해 날아갔다. 그의 강한 창은 방패를 뚫고 지나갔다. 그러나 헥토르는 재빨리 몸을 돌려 겨우 죽음을 피할 수 있었다.

이제 두 사람이 동시에 창을 휘둘렀다. 그들은 사자처럼 사납게, 멧돼지처럼 무서운 힘으로 서로에게 달겨들있다. 헥토르는 아이아스의 방패 한가운데를 힘차게 찔렀으나 창끝이 부러졌다. 그 순간 아이아스의 창이 헥토르의 목을 스쳤다. 검은 피가 솟구쳤으나 헥토르는 싸움을 멈추지 않았다.

헥토르는 잠시 한 발 뒤로 물러서는 듯하더니 들판 위에 있던 날카롭게 깨진 커다란 검은 돌을 집어들고 아이아스에게로 던졌다. 돌이 아이아스의 방패 한가운데로 떨어지자 청동소리가 요란하게 사방으로 울려퍼졌다.

이번에는 아이아스가 더 큰 돌을 집어들어 던졌다. 헥토르가 방패로 막아냈으나 그 힘에 밀려 뒤로 넘어지고 말았다. 이때 아폴론이 얼른 헥토르를 일으켜 세웠다.

화장되는 병사들의 시신

이때 제우스와 인간들의 전령이 달려나오지 않았다면 두 사람은 무자비하게 싸웠을 것이나 트로이의 이다이오스와 그리스의 탈튀비오스가 이들에게 현명한 계책을 내밀었다.

"오, 용맹한 전사들이여, 싸움은 이제 그만두시오. 구름을 다스리는, 제우스는 두 사람 모두 사랑합니다. 두 사람 다 훌륭했다는 것을 우리는 충분히 보았습니다. 벌써 밤이 다가오고 있습니다."

두 사람은 날도 어두워졌고 훗날 다시 대결할 기회가 있을 터이니 오늘은 일단 싸움을 멈추자고 합의했다. 그러나 그 대신 화해를 하고 친구가 되었다는 표시로 선물을 교환하기로 했다.

헥토르는 은빛 못이 박힌 칼과 칼집을 주었으며 아이아스는 반짝반짝 빛이 나는 자줏빛 벨트를 주었다.

트로이 인들은 헥토르가 아이아스의 손아귀에서 벗어나 무사히 살아 돌아오는 것을 보고 환호성을 질렀다. 그들은 헥토르를 둘러싸며 도성으로 들어갔다. 한편 그리스 인들은 아이아스의 승리를 축하하고 아가멤논에게로 데리고 갔다.

아가멤논은 신에게 황소 한 마리를 제물로 바치고 감사의 예를 올렸다. 기도가 끝나자 그들은 신에게 바쳤던 제물을 골고루 나누어 먹었다.

병사들이 술과 음식을 즐기는 동안 현명한 노인 네스토르는 묘안을 짜고 있었다. 그의 전략과 전술은 언제나 훌륭했다. 네스토르가 마침내 좋은 생각이 났다는 듯 소리 높여 말했다.

"참혹한 전쟁의 신, 아레스로 인해 우리 병사들의 검은 피가 스카만드로스의 깊은 강에 뿌려졌으며 그들의 영혼은 하데스의 집으로 보내어졌습니다. 그들의 시신을 거두어 화장을 해주고 고향으로 돌아갈 때 그들 자식들에게 뼈라도 가져다 주도록 합시다. 그리고 그들을 한 곳에 묻어줍시다. 그런 다음 함선 옆으로 높은 탑을 쌓고 방책과 튼튼한 문도 만들어야 합니다. 방책 바깥에는 깊은 호를 파서 트로이 인들이 결코 우리를 공격하지 못하게 하는 겁니다."

모두들 그의 말에 찬성을 했다. 한편 트로이 인들도 도성 꼭대기에 있는 프리아모스 성에서 회의를 하고 있었다. 머리가 아주 뛰어난, 안테노르가 말문을 열었다.

"트로이 인이여, 그리고 우리의 동맹군들이여, 내 마음속에서 말하는 바를 얘기하려고 하니 들어보시오. 아르고스(그리스)의 헬레네를 보물과 함께 돌려보내도록 합시다. 우리는 맹약을 어기고 싸우고 있는 것입니다. 이렇게 오래도록 전쟁을 하면서 우리가 얻는 것이 무엇입니까?"

그러자 금발의 헬레네의 남자, 아름다운 파리스가 자리를 박차고 일어섰다. 그는 거침없는 말투로 대답했다.

"그만 해라, 안테노르! 네가 정말로 그렇게 생각한다면 분명 신께서 너의 지혜로운 머리를 빼앗아가신 것이 분명하다. 난 트로이 인들에게 분명하게 말하지만 헬레네를 보내지 않을 것이다. 다만 보물을 내놓으라면 내 것까지도 내놓겠다.”

약간의 타협안을 내놓고 파리스 왕자가 다시 자리에 앉자 다르다노스의 아들 프리아모스 왕이 일어섰다. 왕은 신들에 버금가는 강력한 통치력을 가진 사람이었다. 그는 자신의 백성들을 향해 말했다.

“백성들이여, 일단 오늘 밤은 전과 다름없이 지내도록 하라. 그러나 마음을 놓지 말고 수비를 철저히 하라. 날이 밝는 대로 이다이오스는 날렵하고 새하얀 부리 모양을 하고 있는 그리스 함선으로 달려가 아가멤논과 메넬라오스를 만나도록 하라. 그리고 이 험난하고, 오랜 전쟁의 원인을 제공한 파리스의 제안을 전하고 시신들을 거두어 화장을 할 때까지만이라도 잔인한 이 전투를 중지할 수 있는지를 물어보거라.”

다음 날 날이 밝아오자 이다이오스는 그리스 진영으로 건너갔다. 그리고 파리스 왕자의 말을 전했다. 그리스 병사들의 대열 속으로 침묵이 흘렀다. 침묵을 깬 것은 디오메데스였다.

“헬레네는 물론이고 파리스의 보물을 받아서는 안된다. 바보가 아니라면 트로이 인들의 운명이 거의 파멸에 달했다는 것을 모를 리 없을 것이다.”

모든 그리스 병사들이 그의 말에 찬성한다는 듯 소리를 지르자 아가멤논이 소리쳤다.

“이다이오스여, 모든 그리스 병사들의 답변을 들었을 것이다. 그러나 시신을 거두어 들이는 것에 대해서는 받아들이겠다고 전하라."

깊고 잔잔한 오케아노스의 강 위로 태양이 떠오르자 양군은 전쟁터에 마주쳤다. 자기 편의 시신을 분간하기도 어려웠다. 시신의 피를 씻어내고 마차에 싣는 동안 그들은 뜨거운 눈물을 흘렸다. 그러나 프리아모스가 백성들에게 소리 내어 울지 못하게 했으므로 그들은 조용히 시신들을 장작더미 위에 차곡차곡 쌓았다. 그리고 불을 질러 태운 다음 트로이로 돌아갔다.

그리스 병사들도 똑같이 병사들의 시신들을 화장한 다음 자신들의 함선으로 돌아갔다.

한편 일부 그리스 병사들은 날이 아직 밝지 않았을 때 자신들의 함선 주위로 높은 탑을 쌓아 방벽을 세웠다. 그리고 전차가 드나들 수 있는 문을 만들고 방벽 밖으로는 깊은 호를 파고 안쪽으로 날카로운 말뚝을 세웠다.

트로이에 벼락을 내리는 제우스

한편 올림포스의 신들은 번개를 다스리는 제우스 곁에 앉아서 청동으로 무장한 그리스 인들의 거대한 공사를 놀란 듯이 바라보고 있었다.

대지를 흔들어 깨우는 신, 포세이돈이 말했다.

"아버지, 제우스여! 저 긴 머리의 그리스 인들을 좀 보세요. 자신들의 배를 보호하려고 거대한 성벽을 쌓고 깊은 참호까지 파고 있군요. 나와 아폴론이 오래전에 영웅 라오메돈을 위해 쌓은 성벽 따위는 인간들 머릿속에 남아 있지도 않겠어요!"

그러자 제우스가 화가 잔뜩 나서 말했다.

"누구보다 힘이 센 네가 무엇을 그리 고민하느냐? 광포함과 완력에 있어서 너보다 약한 다른 신이라면 저 거대한 성벽을 두려워하겠지만 말이다. 저들이 배를 타고 그리운 고향으로 돌아가면, 그때 부서지는 파도로 성벽을 부수어 모래 속으로 흔적도 없이 사라져버리게 해라."

마침내 해가 거의 기울어갈 즈음 그리스 인들의 거대한 공사는 끝이 났다. 그들은 음식을 차려 먹고 렘노스에서 가져온 포도주를 마시며 밤새도록 즐겼다. 포도주는 이아손[2]의 아들, 에우네오스가 보낸 것이었다. 그리스 인들은 포도주를 청동 또는 빛나는 쇠조각, 황소가죽, 또는 포로와 맞바꾸었다.

트로이도 마찬가지였다. 그러나 뛰어난 전략가 제우스는 트로이 인들에게 밤새도록 무시무시한 천둥을 내렸으므로 그들은 마시려던 포도주를 바닥에 떨어뜨리며 두려움에 떨어야 했다.

---

2) 아르고 호의 선원들을 지휘한 영웅.

제8권
운명을 가르는 전쟁터

제우스의 금지령

황금빛 가운을 걸친 새벽의 여명이 대지 위를 비추기 시작했을
때 제우스는 신들을 소집했다.

"이 극렬한 전쟁을 빨리 끝내고 싶으니 모두들 내 말을 들어라.
이후로 트로이 또는 그리스를 도우려는 신이 있다면 번개로 내리칠 것이다. 아니면 타르타로스[1]로 내려보낼 것이다. 만약 내가 얼마나 강력한 힘을 가졌는지를 알고 싶다면 그대들 모두가 하늘에 황금 밧줄을 걸어 놓고 매달려 보아라. 그렇게 해도 너희들은 나를 하늘에서 끌어내리지 못할 것이다. 오히려 내가 너희들을 올림포스 꼭대기에 매달아 놓으면 그대들 모두는 공중에 매달리게 될 것이다."

제우스의 명령이 아주 강력했으므로 신들은 너무 놀라 말문이 막혀버린 듯했다. 그러나 아테나가 총명한 눈을 반짝이며 말했다.

"크로노스의 아들이며, 우리의 통치자, 아버지여! 당신의 막강한 힘에 어찌 우리가 대항하겠습니까? 다만 비참하게 죽어갈 그리스인들의 운명이 안타까울 뿐입니다. 당신의 노여움으로 그들이 절망의 구렁텅이에서 헤매지 않도록 전략만이라도 가르쳐주면 안 되겠습니까?"

구름을 피워올리는 제우스가 미소를 지었다.

"사랑하는 딸아, 나는 네가 인간들의 세상을 도우려고 한다는 것을 알고 있단다. 그러니 나를 믿어라."

그렇게 말하고 제우스는 청동 말굽을 단 두 마리의 말이 이끄는 자신의 황금전차에 올라탔다. 그리고 대지와 별이 총총한 하늘 사이를 달려 이다 산의 가르가론으로 향했다. 제우스는 그곳에 말들을 풀어 자욱한 안개로 보이지 않게 숨겨 놓고 산꼭대기로 올라가 트로이의 성벽과 그리스 함선들을 내려다보았다.

---

1) 대지의 가장 깊숙한 곳, 무한지옥.

운명의 저울

아침이 피어나 새날이 시작되면서 양군의 무기들이 서로를 향해 날아들고 병사들이 죽어갔다. 태양이 중천에 이르자, 제우스는 황금 저울을 꺼내 두 개의 죽음의 운명을 올려놓았다. 트로이와 그리스의 운명의 저울이었다.

제우스가 저울의 중앙을 잡고 들어올리자 그리스 인의 저울이 대지 쪽으로 내려앉았으며, 트로이의 것이 하늘을 향해 올라갔다.

이때 제우스가 이다 산에서 그리스 인들이 있는 곳에 무시무시한 천둥을 내려쳤다. 천둥이 눈부신 섬광을 떨어뜨리자 그리스 병사들은 두려움에 싸여 하얗게 질렸다. 이도메네우스도 그렇고 아가멤논도 감히 나설 생각을 하지 못했으며 두 아이아스도 마찬가지였다. 그러나 노장 네스토르만은 버티고 있었는데, 그것은 그의 말이 파리스가 쏜 화살에 맞아 뒤로 물러날 수 없었기 때문이었다.

헥토르가 이를 발견하고 날랜 말을 타고 쏜살같이 달려나갔다. 멀리서 달려나오는 헥토르를 바라보고 있던 디오메데스가 오디세우스를 향해 큰소리로 말했다.

"누구보다도 침착하고 뛰어난 전략가인 당신이 겁쟁이처럼 어디로 달아나고 있는 것이요? 우리 함께 네스토르를 향해 달려오는 놈에게 맞서봅시다."

그러나 오디세우스는 그의 말을 듣지 못하고 그리스 함선 쪽으로 달려가버렸다. 디오메데스는 할 수 없이 혼자서 네스토르 전차 쪽으로 달려갔다. 그리고 네스토르를 자신의 전차에 태우고 헥토르를 향해 달려갔다.

디오메데스가 헥토르를 향해 창을 날렸으나 빗나갔다. 창은 헥토르의 시종이면서 마부인 테바이오스의 아들, 에니오페우스의 가슴을 지나갔다. 그가 전차에서 떨어지자 마부가 없는 헥토르의 말들이 마구 날뛰었으므로 헥토르는 빨리 마부를 찾아나서야 했다. 다행히 마부 한 명을 발견하여 자신의 전차에 태우고 그의 손에 고삐를 넘겨주었다. 마부를 발견하지 못했다면 헥토르는 재앙을 면치 못했을 것이다.

이때 이들을 바라보고 있던 제우스가 디오메데스의 전차 앞으로 천둥과 함께 번개를 날렸다. 네스토르의 손에서 말의 고삐가 미끄러져 나갔다. 겁이 난 네스토르는 디오메데스에게 말했다.

"제우스가 당신에게 승리를 안겨주고 싶지 않은 것이 확실해요. 그러니 말을 돌려 달아나는 것이 좋겠소."

그러나 함성의 전사, 디오메데스가 큰소리로 대답했다.

"당신 말은 언제나 맞습니다. 그러나 나 스스로 허용할 수 없는 한 가지 아픔이 있습니다. 헥토르가 트로이 인들 앞에서 '디오메데스가 뒤돌아서서 도망쳤다!'라고 소리치게 되는 그런 날이 온다면 난 거대한 대지의 품속으로 숨어야 합니다."

그러나 네스토르는 트로이 인이나 그리스 인 중에서 디오메데스를 겁쟁이로 생각할 사람은 한 사람도 없다고 말하고 말의 머리를 돌렸다. 그러자 헥토르가 트로이 병사들을 향해 우렁차게 고함을 질렀다.

"아버지 제우스께서 내게는 승리와 영광을, 그리스에는 잔혹한 죽음을 내리시려는 것이 분명하다. 저렇게 허약하고 시시한 방벽으로 나를 막으려 하다니 그리스 인들은 바보가 틀림없다. 난 저들이 파놓은 참호를 뛰어넘어 함선으로 다가가 불을 지를 것이며 타오르는 연기 속에서 그들을 참살할 것이다!"

그리고 헥토르는 자신의 두 말들에게 신호를 보냈다.

"고귀한 에에티온의 딸, 안드로마케가 길들인 그대들이 그녀의 보살핌을 보답할 때가 왔다. 빨리 저들을 추격하라. 하늘에까지 명성이 자자한, 단단한 황금 손잡이가 달린 네스토르의 방패와 헤파이스토스의 뛰어난 솜씨로 만들어진 디오메데스의 갑옷을 빼앗아야 한다. 그렇게만 된다면 우리는 오늘 밤 그리스 인들의 함선에 오를 수 있을 것이다."

헥토르가 승리를 자신하자 화가 난 헤라가 온몸을 부들부들 떨었다. 그러자 올림포스 산도 함께 흔들렸다.

헥토르의 영광

그러나 그리스 인들이 만들어 세운 방벽과 함선 사이는 어느새 말과 방패를 든 전사들로 가득 찼다. 그것은 제우스가 영광을 주려

100

고 한 오직 한 사람, 헥토르가 그들을 가두었기 때문이다.

이때 헤라는 아가멤논에게 부하들을 격려하도록 충동질했다. 아가멤논은 번쩍이는 커다란 붉은 망토를 건장한 그의 한 손으로 잡아채며 병사들의 막사와 함선 쪽으로 걸어갔다.

그는 대열 한가운데에 있는 오디세우스의 크고 검은 함선 옆에 섰다. 그리고 모든 병사들이 잘 들을 수 있도록 큰소리로 외쳤다.

"그리스 병사들이여, 정말 부끄럽기 짝이 없다. 한 명이 트로이 인 1백 명 또는 2백 명은 충분히 상대할 수 있다고 의기양양하게 외치던 때가 있었건만, 지금 우리는 헥토르 하나 쓰러뜨리지 못하고 있다! 아버지, 제우스여! 수십 개의 노를 저어 긴 항해를 하며 이곳으로 오는 동안 난 당신의 제단에 훌륭한 제물들을 바쳤습니다. 오직 트로이를 멸망시키게 해달라고 기도했습니다. 그러나 이제 한 가지 소원만을 빌겠습니다. 제발 이곳에서 살아서 고향으로 돌아갈 수 있게 해주십시오."

제우스는 그리스 인들의 눈물을 보며 측은한 생각이 들었다. 그래서 죽지 않게 해주겠다는 약속의 표시로 독수리를 날려 보냈다. 독수리가 새끼 암사슴을 그들의 제단 위에 떨어뜨리자 전사들은 다시 용기를 얻기 시작했다.

튀테우스의 아들 디오메데스가 뛰쳐나가자, 아가멤논과 메넬라오스, 그리고 활활 타오르는 투지로 무장한 두 아이아스도 달려나갔다. 또한 활의 명수 테우크로스가 트로이 인들에게 마구 화살을 날려 그들을 죽이기 시작했다.

그의 화살에 8명의 트로이 전사들이 쓰러졌다. 그러나 헥토르만은 맞출 수가 없었다. 그것은 아폴론이 화살을 빗나가게 했기 때문이었다.

이렇듯 올림포스의 신들이 트로이에 용기를 불어넣어주니 그들은 그리스를 깊은 참호까지 밀어붙였다. 헥토르는 선두에서 거세게 대열을 이끌었다. 마치 사냥개가 사나운 멧돼지와 사자를 추격하듯 그리스 인을 뒤쫓았다. 뒤처지는 병사들이 헥토르가 휘두르는 창칼에 죽어갔다.

헤라는 죽어가는 그리스 인들을 바라보며 가여워했으며, 아테나도 세우스가 테티스의 간청, 즉 아킬레우스의 명예를 되찾게 해주려는 것이 틀림없다고 생각했다.

그래서 두 여신이 갑옷으로 무장하고 수레를 타고 달려나가려 하자 이다 산에 있던 제우스가 올림포스로 내려와 그들을 무섭게 야단쳤다.

"올림포스의 모든 신들이 함께 한다 해도 나를 힘으로 당할 수는 없다. 그대들이 내 말을 듣지 않으면 당장에 벼락을 내려 다시는 수레를 몰지 못하게 할 것이다. 그렇게 되면 영원불멸의 신들의 안식처인 올림포스로 돌아올 수 없을 것이다."

아테나는 아무 말도 하지 못했지만 헤라는 마음속의 분노를 참지 못하고 이렇게 대답했다.

"우리는 당신이 얼마나 강력한지 누구보다도 잘 알고 있어요. 다만 비참하게 죽어가는 그리스의 전사들이 너무나 가여워서 그러는 것입니다. 당신의 명령이라면 전쟁은 참견하지 않겠어요. 그 대신 그들이 당신의 분노 때문에 절망에 떨어지지 않도록 전략만이라도 알려주게 해주세요."

그러나 제우스는 누구보다 강력한 헥토르가 결코 전쟁을 그만두지 않을 것이며, 펠레우스의 아들 아킬레우스가 일어나기 전까지 그리스 인들은 치명적인 곤경에 휩싸이는 나날을 맞을 것이라고 했다. 그리고 파트로클로스의 시체 때문에 격렬한 싸움을 하게 될 운명이라고 예언했다.

눈부시게 흰 팔의 여신 헤라는 아무 말도 할 수 없었다.

마침내 빛나는 태양이 오케아노스 강으로 저물자 대지 위로 어두운 밤이 드리워졌다. 트로이 인들은 날이 저무는 것을 원치 않았으나 그리스 병사들은 너무나 다행이라 생각했다.

헥토르는 어두운 밤에 복종하리라 생각하고 병사들과 말들을 쉬게 했다. 그리고 포도주와 빵을 마음껏 들게 한 다음 장작을 모아 새벽이 올 때까지 수많은 불빛을 피우게 했다.

제9권

아킬레우스에게 화해를 청하다

아가멤논의 선물

트로이 인들이 밤새 불을 피우고 파수를 보는 동안 그리스 인들
은 공포와 슬픔에 사로잡혀 있었다.

아가멤논은 병사들을 소집했다. 그리고 황량한 바위를 타고 흘
러내리는 검은 샘물처럼 눈물을 쏟아내며 말했다. 트로이를 멸망
시킬 수 있도록 도와주겠다던 제우스의 마음이 변한 것 같으니 이

제 배를 타고 고향으로 돌아갈 수밖에 없다고 했다.

병사들은 아가멤논의 명령에 아무 말도 하지 못했다. 이때 디오메데스가 앞으로 나오면서 소리쳤다.

"먼저, 당신 생각은 바보 같은 것이라고 하지 않을 수 없소. 제우스께서 당신과 계약을 맺을 때, 아마도 당신에게 선물을 반쪽밖에 주지 않은 모양이오. 왕홀을 주어 모든 백성들로부터 우러름을 받을 수 있게 해주었으나, 가장 중요한 용기는 주지 않았군. 당신은 우리를 겁쟁이라고 생각하는 거요? 고향으로 돌아가고 싶다면 당신 혼자 가시오. 그러나 긴 머리의 그리스 병사들은 트로이를 함락시킬 때까지 이곳에 있을 것이오. 만일 그들도 모두 돌아가겠다고 한다면 나와 스테넬로스는 남아서 끝까지 싸울 것이오."

그리스 병사들이 환호성을 올리자 연장자인 네스토르가 일어나 덧붙였다.

"디오메데스, 싸움터에서도 너를 당할 자가 없는데 이곳 토론장에서는 현명하기까지 하구나. 나이 많은 경험자로서 지금 우리가 해야 할 일이 무엇인지를 말하겠다. 일단 밤이 되었으니 일부 병사들은 저녁을 준비하고 나머지는 방어벽 바깥쪽을 경계해야 하오. 그리고 왕 중의 왕인 아가멤논, 당신은 원로들과 함께 우리에게 필요한 훌륭한 계책을 세워야 합니다. 우리들 배 바로 옆에서 불을 피우고 파수를 보고 있는 적들을 보시오! 저걸 보고도 마음이 편할 사람이 있겠습니까?"

네스토르의 말을 열심히 듣고 있던 병사들은 그의 말에 따라 무장을 갖추고 파수를 보기 위해 달려나갔다.

그러자 아가멤논은 원로들을 자신의 막사로 소집했다. 그리고 술과 음식을 대접하며 계책을 논의했다. 언제나 가장 현명한 의견을 내놓는 네스토르가 제일 먼저 말문을 열었다.

"제우스께서는 당신에게 수많은 전사들과 거대한 군대를 다스릴 수 있는 왕홀을 내렸으며 통치권을 주었습니다. 따라서 당신은 그들을 지휘할 수 있으며 동시에 그들 중에서 조언을 하는 자가 있으면 그의 말에 귀 기울여야 합니다. 그래서 한마디 하겠습니다. 당신이 가장 뛰어난 전사인 아킬레우스의 막사에서 브리세이스를 빼앗아 갔을 때 당신에게 박수를 친 사람은 한 사람도 없었습니다. 신들도 두려워하는 그에게서 전리품을 빼앗고 그의 명예를 짓밟았습니다. 비록 늦었지만 지금이라도 아킬레우스에게 선물과 함께 위로의 말을 건네야 합니다."

그러자 아가멤논이 얼른 동의하며 말했다.

"맞습니다. 내가 얼마나 무모하고 어리석었는지! 부인하지 않겠습니다. 제우스께서 모든 마음을 다하여 사랑하는 자가 가장 고귀한 사람입니다. 사악한 분노로 인해 앞뒤 분간을 못했습니다. 그러나 우정을 회복하기 위해서라면 막대한 보상금을 기꺼이 내겠습니다. 내가 제공할 수 있는 눈부신 선물들을 당신들 앞에서 전부 열거해보겠습니다.

세발솥 7개, 황금덩이 10개, 가마솥 20개, 12필의 말을 주겠소. 또한 천을 아름답게 짤 수 있는 여인 일곱 명을 주겠습니다. 그들은 가장 아름다운 여인들이며 그중에는 브리세우스의 딸도 있습니다. 그리고 훗날 신께서 프리아모스의 도성을 함락하게 해주신다면 전리품을 분배할 때 그의 배에 청동과 황금을 가득 싣게 하고, 헬레네 다음으로 아름다운 트로이의 여인 20명을 기꺼이 고르게 하겠습니다. 그리고 우리가 고향으로 돌아가게 되면 나의 궁전에 있는 세 딸 중 한 명을 골라 결혼을 시키겠습니다. 그리고 지참금으로 풍요로운 도시 7개를 주겠습니다."

아킬레우스의 거절

아가멤논의 제안에 따라 오디세우스와 에우뤼바테스가 아킬레우스에게 전령으로 파견되었다. 길을 가던 중 두 사람은 대지의 신에게 아킬레우스의 마음을 돌릴 수 있게 해 달라고 열심히 기도했다. 그들이 아킬레우스의 막사와 배가 있는 곳에 도착했을 때 그는 수금[1](포르밍크스)을 불며 즐기고 있었다.

그리고 맞은편에는 파트로클로스가 혼자 앉아 있었다. 두 사람이 아킬레우스 앞으로 가서 멈춰 서자 그는 깜짝 놀라 일어섰다. 손에는 여전히 수금이 들려 있었다.

아킬레우스는 그들을 반갑게 맞이했다. 그리고 안으로 데리고

1) 호메로스 시대의 기타 비슷한 현악기.

들어가 자줏빛 양탄자가 깔린 자리를 권했다. 그리고 파트로클로스에게 이들을 대접할 독한 술과 술잔을 준비해달라고 했다.

파트로클로스는 그의 가장 고귀한 친구의 말에 복종했다. 소금을 솔솔 뿌려 구운 고기와 빵이 준비되자 포도주와 함께 식탁이 차려졌다. 아킬레우스는 고기를 나누어 손님들을 접대했다. 이때 오디세우스가 포도주를 가득 채운 잔을 들고 아킬레우스를 위하여 건배를 했다.

"당신의 막사에서 이렇게 후한 대접을 받을 수 있게 된 것을 영광으로 생각합니다. 그러나 지금 우리의 마음은 잔치의 만족스러움이 아니라 크나큰 재앙에 떨고 있답니다. 만약 당신이 무장을 하고 나서지 않으면 우리의 배들은 헥토르에게 모두 파괴되고 말 것입니다. 제우스께서 헥토르의 편에 있다는 사인을 보냈습니다. 헥토르는 그것을 믿고 사납게 날뛰고 있습니다. 오, 오랜 동지여! 당신 아버지께서 당신을 아가멤논에게 보내는 날 이렇게 말했답니다.

'아들아, 헤라와 아테나 여신께서 너에게 반드시 승리를 내려 주실 것이다. 그러니 너를 사로잡고 있는 그 격렬한 자만심은 거두어라. 그보다는 동료애를 가지는 것이 훨씬 낫다. 그렇게 되면 남녀노소를 불문하고 모두 너를 더욱 존경하게 될 것이다.'

그러니 지금이라도 노여운 마음을 거두시오. 그러면 아가멤논이 당신에게 반드시 값진 선물을 줄 것입니다."

빨리 달리는 전사, 아킬레우스는 오디세우스에게 이렇게 대답

아킬레우스를 찾아온 아가멤논의 전령들 | 앵그르

아가멤논과의 대립으로 아킬레우스가 전투에 참가하지 않자, 아가멤논의 전령들이 설득하기 위해 찾아왔다. 아킬레우스는 악기를 들고 있다.

했다.

"나는 아가멤논을 하데스만큼이나 증오하고 있소. 그가 어떻게 해도 나를 설득하지는 못할 것이요. 그를 위해 수많은 전쟁터에서 목숨을 걸고 싸우면서 고통을 받았으나 그것이 아무 소용이 없다는 것을 알았기 때문이요. 아가멤논은 내 명예의 선물을 빼앗고 나를 기만했소. 그러니 당신이 다른 용사들과 함께 타오르는 불길 속에서 그리스의 함선들을 구해야 할 것이요. 나는 헥토르와 싸울 마음이 추호도 없소. 내일이라도 신께 기도를 드리고 내 배들을 바다에 띄우고 돌아갈 것이요. 그의 선물이 대지 위의 모래알 또는 먼지 만큼이나 많다고 할지라도 내 상처받은 영혼에 대한 대가를 치르기 전에는 결코 내 마음을 돌려놓지 못할 것이요. 또한 그의 딸이 아무리 아름답고 현명해도 결코 그녀를 아내로 삼지 않을 것이오. 나의 어머니 테티스께서 내 운명에 대해 말한 바가 있소. 내가 트로이를 멸망시키면 영원불멸의 명예를 얻게 될 것이고, 고향으로 돌아간다면 명예는 얻지 못하나, 죽음의 운명에서는 벗어나게 될 것이라고 했소. 소와 가축은 약탈해올 수도 있고, 세발솥과 말들도 사올 수가 있으나, 사람의 목숨만은 한 번 울타리 밖으로 벗어나면 빼앗아 올 수도, 구할 수도 없는 법이요. 그러니 그대는 돌아가서 그리스 용사들에게 공개적으로 나의 말을 그대로 전하시오."

아킬레우스가 단호하게 거절하자 그들은 모두 깜짝 놀라 아무 말도 하지 못했다.

이때 전령으로 함께 따라온 포이닉스 노인이 그리스 선박들이 불태워질 날이 머지 않았음을 슬퍼하며 눈물을 터뜨리며 말했다. 그는 아킬레우스의 아버지 궁에 머물면서 어린 아킬레우스를 가르쳤던 사람이었다. 따라서 아킬레우스를 아들처럼 사랑하고 있었다.

"아킬레우스여, 지금은 그대의 분노를 가라앉혀야만 하오. 실수를 하거나 죄를 지은 사람도 신께 향을 올리고 제물을 바치면서 경건한 서약과 함께 기도를 올리면 우리보다 더 위대한 신들의 마음을 돌릴 수 있는 것이오. 제우스의 딸들인 속죄의 여신들도 신을 존중하는 자의 기도와 청원은 들어주지만 그렇지 않은 자에게는 죄값을 치르게 하는 것이오. 지금 아가멤논이 그대에게 사과의 말과 함께 선물도 주겠다고 하니 저들을 모욕해서는 안되오. 그리스 함선들이 불에 타버리면 그때는 구하려고 해도 구할 수가 없소. 그러니 저들이 선물을 준다고 할 때 무장을 하고 나서시오. 그러면 모든 그리스 병사들이 그대를 신처럼 존경하게 될 것이오."

그러나 아킬레우스는 더욱 단호하게 거절할 뿐이었다.

"나는 그런 명예가 필요없습니다. 그러니 더 이상 나를 괴롭히지 마십시오. 그리고 나의 대답은 저들이 전하면 될 터이니 당신은 여기에 남아서 나와 함께 있어 주세요."

나머지 전령들이 자리를 뜨려고 할 때 아이아스가 침묵을 깨뜨리고 말했다.

"오디세우스여, 이제 돌아갑시다. 우리는 아킬레우스를 누구보다도 자랑스러워했건만 우리들이 보인 우정에 전혀 마음을 움직일 생각이 없는 것 같소. 신이 아킬레우스에게 하찮은 여자로 인해 걷잡을 수 없는 분노에 사로잡히게 한 것이 틀림없소이다."

전령들이 돌아가자 아킬레우스는 잘 지어진 자신의 막사로 돌아가 잠자리에 누웠다. 그의 곁에는 아름다운 디오메데가 누웠다. 그들 맞은편에는 파트로클로스가 누웠으며 그의 곁에도 머리띠를 곱게 두른 사랑스러운 이피스가 있었다.

제10권

한밤의 습격

디오메데스와 오디세우스의 염탐

아킬레우스의 전언을 들은 위대한 최고 사령관, 아가멤논은 잠을 이룰 수가 없었다. 가슴속 저 깊은 곳에서 한숨이 솟구치며 떨리는 마음을 진정할 길이 없었다. 수많은 불빛과 피리 소리, 소란스러운 사람들 소리로 가득한 트로이의 넓은 벌판을 바라볼 때는 더욱 두려움에 휩싸였다.

그는 자신의 병사들과 배를 바라보며 머리를 쥐어뜯었다. 그리고 제우스께 기도를 한 다음 네스토르를 찾아가 무엇인가를 논의하는 것이 좋겠다고 생각했다.

아가멤논의 동생, 메넬라오스도 같은 생각으로 잠을 이루지 못하고 있었으므로 두 사람은 함께 네스토르를 찾아갔다.

네스토르는 자신의 침상에서 자고 있다가 이들을 맞았다. 그의 곁에는 방패와 창, 투구, 그리고 허리띠가 가지런히 놓여 있었다. 이제는 노령이었지만 그는 결코 싸움을 두려워하지 않았으므로 항상 전투 태세를 하고 있었다.

네스토르 역시 곤경에 처한 그리스 병사들을 위해 대책을 세우는 것이 좋겠다고 생각하여 자고 있는 병사들 사이를 돌아다니며 장군들을 불러 깨웠다.

그들은 헥토르가 그리스 병사들을 마음껏 살육하다가 돌아섰던 바로 그 자리에 모여 앉았다. 네스토르가 먼저 말을 꺼냈다.

"동지들이여, 트로이 진지로 숨어들어 자신의 담력을 뽐내줄 용사가 없소? 저들이 어떤 생각으로 전쟁을 치를 것인지를 염탐해 올 수 있는 자가 있다면 그는 하늘 아래 인간들 사이에서 가장 명성이 높아질 것이며 또한 그에 대한 보상도 충분히 받을 것이요."

모두들 잠자코 있었으나 가장 용맹한 디오메데스가 자신이 가겠다고 나섰다. 그러자 여러 장수들이 그와 함께 가기를 지원했다. 그는 지략이 뛰어난 오디세우스가 동행을 해준다면 마음이 더없이 든든하겠다고 했다. 그러자 오디세우스 역시 기꺼이 따라나서겠다고 했다. 오디세우스는 트로이의 진지를 급습하고 싶어 했다. 모험을 하고 싶은 열망으로 그의 피가 끓고 있었기 때문이다.

두 사람은 무구들을 챙겨 입었다. 디오메데스에게는 쌍날칼과 방패가 주어졌으며 머리에는 쇠가죽 투구가 씌워졌다. 한편 오디세우스에게는 활과 화살통, 그리고 칼이 주어졌으며 돼지 이빨들이 촘촘히 박혀 있는 가죽 투구가 씌워졌다.

두 사람은 다른 사람들을 뒤로 하고 길을 떠났다. 아테나가 어두운 길 옆으로 왜가리 한 마리를 보내주었다. 두 사람은 어둠 속에서 새의 모습을 보지는 못했지만 울음소리를 들었다. 오디세우스는 여신이 자신들을 인도해주고 있음을 느끼며 기도를 올렸다.

"여신이시여, 트로이 인들을 절망에 빠뜨리고 명예를 얻고 돌아올 수 있도록 도와주십시오!"

한편 헥토르도 트로이의 장군들과 지휘자들을 한 명도 빠짐없이 모이게 하여 대책을 논의하고 있었다.

헥토르는 전차 한 대와 말 두 필을 줄 터이니 누군가 그리스 진지로 숨어들어 그들을 정탐해오는 것이 어떻겠냐고 제안했다. 그러자 돌론이란 자가 트로이 인들과 헥토르를 향해 말했다. 그는 에우메데스의 아들로, 아주 부유한 자였다. 바라보기에는 그다지 즐겁지 않은 모습이나 걸음걸이는 번개처럼 빨랐다.

"헥토르여, 내가 기꺼이 당신의 염탐꾼이 되겠소. 그 대신 당신의 홀을 들고 맹세하시오. 위대한 아킬레우스가 몰고다니는, 청동으로 빛나는 전차와 말을 나에게 주겠다고. 그러면 아가멤논의 배가 있는 곳으로 단숨에 달려가 그들이 어떻게 하려는지를 알아오겠소."

헥토르가 홀을 들고 맹세를 하자 돌론은 그들의 진지를 떠나 그리스 배가 있는 곳을 향해 달려갔다. 그러나 그는 돌아가지 못할 운명이었다.

돌론의 배반

트로이 진영에서 누군가가 빠르게 달려오는 것을 본 오디세우스와 디오메데스는 시신들 옆에서 잠시 숨어 있다가 돌론의 뒤를 쫓았다. 돌론은 자신을 뒤쫓는 소리가 헥토르가 보낸 병사들의 소리인 줄 알았다가 적군이라는 것을 깨달은 순간 더욱 걸음을 빨리 하여 달아났다. 그러나 오디세우스와 디오메데스는 그를 바짝 뒤쫓아 따라잡았다.

오디세우스는 달려가는 돌론 앞에 위협적으로 창을 던졌다. 돌론은 두려움에 벌벌 떨며 멈추어 섰다. 그리고 울음을 터뜨리며 호소했다.

"제발 목숨만 살려주세요. 제가 살아 있다는 것을 알면 제 아버지께서 당신들께 헤아릴 수 없이 많은 몸값을 드릴 것입니다."

오디세우스는 그에게 여러 가지 것을 물었다. 헥토르와 어디에서 헤어졌는지, 그리고 그의 말들이 어디에 있는지, 또 파수꾼들이 어디에 배치되어 있는지 등등을 물었다.

그러자 전령의 아들, 돌론이 모든 것을 토해내기 시작했다.

"예, 예. 모든 것을 다 말씀드리겠습니다. 헥토르는 참모들과 회의를 하고 있으며 트로이 인들 몇몇이 불을 피우고 파수를 보고 있을 뿐 동맹군들은 전부 잠을 자고 있을 뿐이랍니다. 그리고 가장 바깥쪽에는 트라케의 전사들이 자고 있습니다. 그들의 대장인 레소스의 말은 눈처럼 희고 바람처럼 빠른 최고의 말이었습니다."

돌론의 정보를 다 들은 디오메데스는 목숨만은 살려달라는 그의 애원을 뿌리치고 그의 목을 향해 칼을 내리쳤다. 그리고 돌론의 시체에서 전리품들을 벗겨내어 아테나에게 바치고 기도를 올렸다.

"여신이시여, 이것들을 당신에게 바칩니다. 부디 우리를 트라케 전사들과 말들이 있는 곳으로 인도해주십시오."

그러고 나서 두 사람은 앞으로 달려나가 트라케 전사들이 있는 곳까지 갔다. 피곤에 지친 전사들은 모두 잠들어 있었으며 그들 곁에는 레소스의 날쌘 말들이 매어 있었다.

디오메데스가 자고 있는 수많은 전사들을 칼로 찌르며 죽이는 동안 오디세우스는 말들을 풀어내어 무리들 사이에서 끌어냈다.

이때 이들을 바라보고 있던 아테나 여신이 디오메데스에게 빨리 돌아가라고 재촉했다. 그렇지 않으면 트로이 인을 깨우려는 신들에게 쫓겨나게 될 것이라고 소리쳤다.

신의 음성을 알아차린 디오메데스는 재빨리 말에 올라탔다. 오디세우스가 말을 재촉하자 말들이 그리스 함선을 향하여 쏜살같이 달려나갔다.

은궁의 신 아폴론도 눈을 감고 있지 않았다. 아테나에게 화를 내고 트로이 병사들 쪽으로 달려간 그는 자고 있는 그들을 깨웠다. 그러나 깜짝 놀라 일어난 병사들은 옆에서 죽어가는 전우들의 이름을 부르며 울부짖을 뿐이었다.

디오메데스와 오디세우스의 말발굽 소리를 들은 그리스 인들은 뛰어나가 그들을 반갑게 맞으며 모두들 기뻐했다. 두 사람은 막사에 이르러 꿀처럼 달콤한 밀을 씹고 있는 자신의 말들 옆에 트라케 전사들에게서 빼앗아 온 말들을 가죽끈으로 잘 매어 두었다.

그들은 돌론에게서 빼앗은 전리품도 내려놓고 아테나에게 바칠 제물을 준비하는 동안 바닷물에 들어갔다. 두 전사는 목과 허벅지, 그리고 무릎에 엉겨 붙어 있는 땀을 씻어냈다. 마침내 몸도 마음도 시원해지자, 그들은 깨끗하게 닦아 놓은 욕조에 들어가 목욕을 하고 올리브 기름까지 바른 다음 식사를 하기 위해 자리에 앉았다. 그리고 커다란 술항아리에서 달콤하고 향기로운 포도주 한 잔을 퍼내어 아테나 여신에게 바쳤다.

제11권

아가멤논의 빛나는 공훈

무적의 아가멤논

영원불멸의 신과 인간들에게 빛을 가져다 주는 새벽의 여신 에오스가 잠에서 깨어났다. 제우스는 양손에 잔인한 전쟁의 상징을 들고 싸움의 열기로 활활 타오르는 여신 에리스를 그리스 인들의 함선으로 던져 넣었다.

여신은 함선들 한가운데에 서서 무시무시한 목소리로, 싸움을 멈추지 말고 더욱 투쟁하라고 병사들을 채찍질했다. 병사들은 불현듯 배를 타고 고향으로 돌아가는 것보다 전쟁을 하고 싶은 짜릿한 흥분을 느끼게 되었다.

아가멤논 역시 병사들에게 무장을 하라고 소리쳤다. 그리고 자신도 청동 갑옷으로 무장을 했다. 단단하게 만들어진 정강이받이로 다리를 둘러싸고 은으로 만들어진 무릎 보호대를 꽉 죄고 가슴받이를 두르고 어깨에는 칼을 맸다. 그리고 전신을 감쌀 수 있는 방패를 들었다. 마지막으로 청동 날이 박힌 칼 두 자루를 휘두르자 섬광이 하늘을 뚫을 듯이 번쩍거렸다.

이에 헤라와 아테나가 천둥으로 답하여 황금이 풍부한 미케네의 위대한 왕, 아가멤논의 기세를 북돋아주었다. 바로 그때 각각의 부대의 대장들이 함성을 지르며 달려나가니 이른 새벽이 그칠 줄 모르는 함성으로 가득 차게 되었다.

그러나 제우스가 병사들을 극심한 혼돈의 소용돌이 속으로 몰아갔으므로 마치 둥근 하늘에서 핏물이 빗물처럼 쏟아지는 듯했다. 그것은 제우스가 건장한 용사들을 하데스의 집으로 던져버리고 싶어했기 때문이다.

한편 적진의 트로이 인들은 들판이 내려다보이는 높은 곳에 헥토르를 중심으로 모여 있었다. 헥토르는 둥근 방패를 들고 마치 구름 사이를 뚫고 나오는 별처럼 병사들 사이를 헤치고 다녔다. 대열 앞에 나타났는가 하면 순식간에 대열 뒤에서 명령을 내리곤 했는데 청동 갑옷의 번쩍거림이 마치 번개처럼 보였다. 헥토르의 모습은 번개로 무장한, 제우스의 모습과 다를 바 없었다.

아침이 길게 이어지는 시간 내내 전사들은 서로의 무기로 상대방을 죽여나갔다. 특히 아가멤논은 프리아모스의 두 아들, 이소스와 안티포스의 목숨을 빼앗았으며, 안티마코스의 두 아들, 페이산드로스와 힙폴로코스를 붙잡았다. 안티마코스는 파리스에게서 금과 값비싼 선물을 받고, 메넬라오스에게 헬레네를 돌려주는 것을 누구보다 반대했었던 사람이다.

아가멤논은 살려달라고 애원하는 두 사람을 용서치 않았다. 창으로 가슴을 쳐 전차에서 떨어지게 한 다음, 칼로 머리를 베어버리고 양팔을 날카롭게 쳐내어버렸다. 그리고 시신은 죽음의 아수라장 속으로 던져버려 통나무처럼 굴러다니게 했다.

아가멤논의 무자비한 살육 앞에 수많은 트로이 인의 목이 떨어져나가자 그들은 도망치기 시작했다. 그들은 들판을 가로질러 도시의 성벽을 향해 도망쳤다.

이제 아가멤논의 두 손 앞에서 그를 당해낼 수 있는 자가 아무도 없었다. 그는 고함을 지르며 트로이 인들을 스카이아이 성문과 큰 참나무 앞에 이를 때까지 추격하면서 뒤처진 자들을 죽이며 돌진했다.

마침내 아가멤논이 가파른 성벽 아래, 도시의 성문에 이르게 되었다. 이때 헥토르는 신과 인간들의 아버지, 제우스의 명령을 이리스를 통해 전해 들었다. 제우스는 헥토르에게 아가멤논이 날뛰는 동안은 절대 맞서지 말라고 일렀다. 아가멤논은 곧 창에 맞거나 상처를 입게 될 운명이니, 그때 신께서 아가멤논을 제압할 수 있는 힘을 주겠다고 했다.

헥토르 대신 아가멤논에게 맨 먼저 대항한 트로이 용사는 안테노르의 아들 이피다마스였다. 그의 창이 아가멤논의 가슴 밑 허리띠를 겨냥했으나 뚫지 못하고 오히려 아가멤논이 그의 창을 맹렬한 힘으로 빼앗은 다음 칼로 목을 내리쳐버렸다.

이때 코온이 그것을 바라보고 있었다. 그는 이피다마스의 형이었다. 걷잡을 수 없는 슬픔이 그의 눈앞을 희미하게 만들어버렸으므로 코온은 창을 들고 달려나갔다.

아가멤논이 그를 보지 못하는 사이에 코온의 창이 아가멤논의 팔을 찔렀다. 전사들의 왕, 아가멤논의 몸이 부르르 떨렸다. 그러나 아가멤논은 즉시 코온에게 덤벼들어 그의 커다란 창을 움켜잡아버렸다.

코온은 죽은 동생의 발을 잡고 끌고 가며 동료들에게 구원을 청했다. 그가 무리속에서 시신을 끌고 가는데 아가멤논의 창이 코온의 배를 찔렀다. 그리하여 안테노르의 두 아들은 아가멤논의 손에 의해 하데스의 집으로 던져지게 되었다.

그러나 아가멤논의 상처에서 뜨거운 피가 흘러내렸고 격렬한 고통이 그의 용기를 압도해버렸다. 그는 전차에 올라타고 마부에게 배가 있는 곳으로 돌아가자고 명령했다. 그리고 자신의 용사들에게 자기 대신 싸워달라고 날카롭게 외쳤다.

부상당하는 그리스 전사들

헥토르는 아가멤논이 상처를 입고 대열에서 후퇴하는 것을 보는 순간 트로이 인들에게 신호를 보냈다. 그는 트로이 인들 각각에게 용기와 힘을 불어 넣으며 그리스 인을 공격하게 했다. 그리고 자신도 대열 맨앞에 서서 승리를 외치며 싸움터로 뛰어들었다. 그것은 검푸른 바다를 집어삼키는 폭풍우와도 같았다.

이제는 제우스의 영광을 받은 헥토르의 손에 수많은 그리스 인이 쓰러지기 시작했다. 다행히 오디세우스와 디오메데스가 달려오는 트로이 인들을 막아내며 버티는 동안 그리스 인들은 쫓겨가면서도 숨을 돌릴 수 있었다.

디오메데스는 달려오는 헥토르를 바라보며 오디세우스에게 말했다.

"우리를 파멸로 이끌 파괴자가 우리를 향해 달려오고 있다. 저 강력한 헥토르를 봐! 우리는 함께 저자를 막아내야 해!"

디오메데스가 창을 쳐들고 헥토르의 머리를 겨냥했다. 그러나 아폴론이 헥토르에게 선물로 준 투구를 뚫지는 못했다.

디오메데스는 분하다는 듯이 소리쳤다.

"또 죽음을 피해가는구나. 너의 기도를 들은 아폴론이 이번에도 죽음에서 너를 구해주었구나. 그러나 다음 번에는 반드시 너를 없애버릴 것이다."

이때 헬레네의 남편, 파리스가 비석 뒤에 숨어서 디오메데스를 향해 활을 겨누었다. 그의 손에서 튕겨져 나간 화살은 디오메데스의 오른쪽 발을 맞히고 땅에 꽂혔다.

파리스가 유쾌하다는 듯 웃으며 자신의 화살이 헛되이 날아가지 않았음을 자랑했다. 그러나 디오메데스는 조금도 기가 꺾이지 않고 맞받아치며 외쳤다.

"활쏘기 정도나 뽐내고 계집이나 쫓아다니는 주제에, 어디 한번 나와 겨루어보시지. 겨우 발바닥에 상처를 내고 자랑하다니. 내가 만일 화살을 날렸더라면 상대방을 쓰러뜨릴 정도로 날카로웠을 것이다. 화살을 맞은 자의 아내는 슬픔으로 자신의 얼굴을 쥐어뜯었을 것이며 아들은 고아가 되었을 것이다."

그가 이렇게 외치는 동안 오디세우스가 다가와 그의 앞을 방어해주자 디오메데스는 화살을 뽑아냈다. 그러나 살갗을 파고드는 듯한 격렬한 통증에 휩싸인 디오메데스는 그리스 인들의 배가 있는 곳으로 돌아가야 했다.

이제 뛰어난 투창수 오디세우스 외에 그리스 병사들은 한 명도 남아 있지 않았다. 그들 모두가 두려움에 휩싸여버렸기 때문이다.

혼자 남은 오디세우스를 방패를 든 트로이 인들이 에워싸고 공격하자 멀리에서 오디세우스의 고함소리를 들은 아이아스와 메넬라오스가 그를 구하기 위해 달려왔다.

죽음의 궁지로 내몰린 오디세우스는 벗어나기 위해 필사적으로 창을 휘두르고 있었다. 이에 아이아스와 메넬라오스가 트로이 인들을 공격하여 상처를 입히며 들판을 휘저었다.

파트로클로스의 운명

한편 싸움터 왼쪽에서 싸우던 네스토르는 어깨에 화살을 맞은 노련한 의사, 마카온을 말에 태우고 그리스 인들의 함선 쪽으로 달려갔다.

이때 놀랍도록 빨리 달리는 자, 아킬레우스가 이들을 알아보았다. 그는 안간힘을 다하며 패주해가는 그리스 용사들의 모습 앞에 우뚝 멈추어 섰다.

그리고 즉시 자신의 오른팔이며 절친한 친구인 파트로클로스를 소리쳐 불렀다. 파트로클로스는 아킬레우스의 목소리를 듣고 자신의 막사에서 마치 죽음의 신이 걷듯이 성큼성큼 걸어나왔다. 그러나 그것은 바로 그의 운명이 정해지는 순간이었다.

아킬레우스가 말했다.

"메노이티오스의 아들이여, 가장 사랑하는 나의 전우여, 우리의 동료들이 내 무릎을 잡고 애원하게 될 것 같다. 이제는 도저히 견뎌 낼 수 없는 고통으로 내게 도움을 청할 수밖에 없을 것이야. 누구보다 제우스의 사랑을 많이 받는 자네가 네스토르에게 가서 물어보게나. 부상당한 자가 혹시 아스클레피오스의 아들 마카온이 아닌지 말이야. 바람처럼 내 곁을 지나가는 바람에 그자를 알아볼 수가 없었어."

파트로클로스가 네스토르의 막사 안으로 들어서자 노인은 벌떡 일어났다. 그리고 그의 손을 덥석 부여잡고 의자에 앉기를 권했다. 파트로클로스는 앉을 시간이 없다고 사양하며 부상당한 병사가 누구인지를 알아보려고 왔으나, 마카온이라는 것을 알았으니 돌아가겠다고 했다.

그러자 네스토르가 사설을 늘어놓았다.

"우리의 병사들이 얼마나 커다란 고통에 빠져 있는지 아킬레우스는 전혀 모르고 있어. 뛰어난 전사들이 화살을 맞거나 창에 부상당하여 배 안에 누워 있단 말이오. 그런데도 그는 우리의 용사들을 전혀 걱정하지 않는단 말이오? 해안가에 정박해 있는 우리의 배들이 활활 타오르는 불길에 휩싸일 때까지를 기다리는 것이오?

난 그 옛날 그대와 아킬레우스를 아가멤논에게 보냈던 날을 기억하고 있소. 그대들이 싸우러 가겠다고 열망했을 때, 펠레우스 노인은 아들인 아킬레우스에게 이렇게 당부했소

'아들아, 항상 최선을 다하여 가장 용감한 자가 되어라.'

그러자 당신의 아버지는 그대에게 이렇게 말했었지.

'오, 아들아, 아킬레우스가 너보다 강하다. 그러나 그에게 충고의 말을 속삭이며 이끌어주어야 할 사람은 바로 너란다.'

그러니 지금이라도 아킬레우스에게 이 이야기를 하면 친구인 당신의 말을 들을 수도 있지 않겠소? 그러나 아킬레우스가 어머니 테티스의 예언 때문에 망설이고 있다면 친구인 당신이라도 싸움터에

내보내어 그리스 전사들이 그대를 따르게 해야 하오. 또 아킬레우스의 갑옷과 무기를 당신에게 입혀 싸움터로 내보내면 트로이 인들은 그대를 아킬레우스인 줄 알고 공격을 멈출 것이요."

노인의 간곡한 말에 파트로클로스는 싸우고 싶다는 투지로 가슴이 마구 뛰었다. 그는 노인의 말을 아킬레우스에게 전하기 위해 함선 쪽으로 바삐 달려갔다.

그때 다리에 화살을 맞고 절뚝거리며 힘겹게 걸어오는 에우리필로스와 마주쳤다. 그가 파트로클로스에게 말했다.

"파트로클로스여, 이제 아무 희망이 없소. 가장 용감했던 우리의 전사들은 모두 활에 맞거나 창에 쓰러져 검은 함선에 누워 있소. 트로이 인들은 더욱 강대해지고 있다오. 제발 나를 좀 구해주시오. 나를 검은 함선으로 데려가 당신이 아킬레우스에게 배웠다는 강력한 치료약으로 고통을 없애주시오. 켄타우로스 족 중에서 가장 현명하다는 케이론이 아킬레우스에게 가르쳐주었다는 치료약으로 말이오."

파트로클로스는 그를 부축하여 막사로 데려간 다음 칼로 날카로운 화살을 잘라내고 따뜻한 물로 검은 피를 닦아냈다. 그리고 쓰디쓴 풀뿌리를 손바닥으로 비벼 상처에 붙여주었다. 그것은 고통을 완전히 없애주고 치료해주는 것이었다.

제12권

트로이의 맹렬한 공격

그리스의 방벽 앞에서

파트로클로스가 에우리필로스의 상처를 치료해주는 동안에도 그리스 인과 트로이 인의 전쟁은 계속되고 있었다. 그리스 인들이 함선을 보호하기 위해 둘러쌓은 방벽 아래에서 전쟁의 불길은 타올랐다. 귀청이 터질 듯한 함성과 함께 거센 공격을 받은 방벽의 대들보에서 뇌성 같은 소리가 울려나왔다.

헥토르는 여전히 맹렬한 기세로 싸웠다. 휘몰아치듯이 병사들을 격려하며 방벽 앞에 깊게 패인 호를 건너도록 했다. 그러나 호가 너무 넓었기 때문에 말들은 가파른 벼랑 앞에서 놀란 울음을 내지르며 멈춰 섰다.

깊게 파인 호에는 말뚝이 촘촘히 박혀 있어서 그것을 훌쩍 뛰어넘는 것이 쉽지 않았다. 헥토르 곁에 있던 폴리다마스가 조심스럽게 말을 건넸다.

"저곳을 전차로 건너는 것은 너무나 무모한 일이요. 넘어간다 할지라도 협소한 곳이라 쉽게 움직이지 못할 것이요. 그러니 말은 이곳에 매어 두고 걸어서 넘어갑시다. 헥토르 당신이 우리를 이끌고 함께 간다면 저들은 우리를 막지 못할 것이요."

방벽을 뚫고 그리스 함선으로 달려가고 싶어하던 전사들이 헥토르의 뒤를 따랐다. 헥토르와 폴리다마스의 부대가 앞장을 섰으며 두번째 군대는 파리스가 알카토오스와 아게노르와 함께 이끌었다. 세번째는 헬레노스와 그의 곁에서 신처럼 성큼성큼 걷는 데이포보스가 이끄는 군사들이었다. 네번째 군대는 늠름한 아이네이아스와 함께 전진했으며, 안테노르의 두 아들, 아카마스와 아르켈로코스가 함께 했다. 그리고 사르페돈이 명성이 자자한 동맹군들을 이끌었다.

이들이 호 앞에서 어떻게 하면 뛰어 넘을 수 있을까를 궁리하고 있을 때였다. 갑자기 독수리 한 마리가 나타나 왼쪽으로 날아갔다. 독수리는 아직 살아서 꿈틀거리는 흉측한 뱀을 발톱으로 움켜쥐고 있었다. 그러나 뱀이 몸부림치면서 독수리의 가슴을 물어뜯자 고통을 이기지 못한 독수리가 뱀을 떨어뜨리고 날아가버렸다.

트로이 인들은 자신들의 발 앞에 떨어져 꿈틀거리는 뱀을 보며 벌벌 떨었다. 제우스가 보낸 전조라 생각했기 때문이다.

폴리다마스가 헥토르에게 다가가 말했다.

"공격을 그만 멈춰야 합니다. 왼쪽으로 날던 독수리가 뱀을 떨어뜨렸습니다. 이것은 우리의 병사들이 그리스의 함선 옆에서 싸우다 죽거나, 살아서 돌아가지 못할 것이라는 예언임이 틀림없어요."

이렇게 말하는 폴리다마스를 헥토르가 힐끗 쳐다보는 순간, 그의 투구가 번쩍거렸다.

"신께서 분명 그대의 통찰력에 오점을 남기시려는 것이 분명하다. 그대는 내게 새를 믿으라고 말하지만 새들이 태양이 있는 오른쪽으로 날아가든, 어둠이 있는 왼쪽으로 날아가든 난 그것들에 눈길을 주지 않을 것이요. 우리는 오로지 제우스를 믿고 트로이를 위해 싸울 뿐이요."

이렇게 외치며 자신의 병사들을 이끌자 그들은 피를 토해내는 듯한 함성을 지르며 뒤를 따랐다. 그러자 천둥치기를 좋아하는 제우스가 이다 산에서 먼지가 휘몰아치는 광풍을 그리스 인들의 함선으로 향하게 했다.

신의 전조에 힘을 얻은 트로이 인들은 그리스 인들의 거대한 방벽을 무너뜨리려고 힘을 모았다. 그들은 탑을 무너뜨리고 흉벽을 밀어붙였다. 그러나 그리스 인들은 허물어진 벽을 쇠가죽 방패로 메우고 흉벽 아래로 다가오는 병사들은 위에서 바위를 굴려 물리쳤다.

리키아의 용사, 사르페돈

이렇게 하여 트로이 인들과 헥토르는 방벽의 문과 거대한 방책을 무너뜨리지 못했다. 이때 제우스가 초승달처럼 뿔이 굽은 소 떼를 향하여 달려드는 사자처럼, 사르페돈을 일으켜 세웠다. 둥근 방패와 창을 든 사르페돈은 그리스 인들의 방벽으로 돌진하려는 기세로 힙폴로코스의 아들, 글라우코스에게 이렇게 말했다.

"리키아에서 어느 누구보다 존경을 받고 있는 우리 두 사람이 리키아 인들의 선두에서 싸워야 할 것이네. 동지여, 만일 그대와 내가 이 전투를 피해가서 영원히 죽지 않고 살 운명이라면, 난 절대 선두에서 싸우지 않을 것이네. 하지만 죽음의 운명이 우리를 기다리고 있으니, 전쟁터에서 명예를 얻든지, 아니면 적에게 명예를 주든지 하세."

그리하여 두 사람은 리키아 인을 이끌고 검은 폭풍우와 같은 기세로 방벽을 기어올랐다.

이렇게 양군은 방벽을 사이에 두고 서로에게 창을 겨누었다. 무자비하게 휘두른 창에 쇠가죽 방패와 둥근 방패가 잘려나갔으며 가슴을 찔리고 등짝이 찢어져 탑과 방벽은 병사들의 피로 넘쳐흘렀다.

그래도 트로이 인들은 그리스 인을 물러나게 할 수 없었다. 양군은 평형을 이룬 저울처럼 팽팽하게 맞섰다.

마침내 제우스가 프리아모스의 아들 헥토르에게 위대한 영광을 내렸다. 헥토르가 제일 먼저 방벽 안으로 뛰어들었다.

헥토르의 뒤를 이어 트로이의 병사들이 떼를 지어 나아갔다. 성문 앞에 이르자 헥토르는 거대한 바위를 번쩍 집어들었다. 뾰족하게 잘려나가 있는 그 바위는 힘센 장사 두 사람이 들어도 들 수 없는 것이었다. 헥토르는 두 다리를 벌려 굳게 버텨 선 채 바위를 가볍게 휘둘렀다. 제우스가 바위의 무게를 가볍게 해주었기 때문이다. 헥토르는 바위를 번쩍 들어 성문의 가운데로 던졌다.

문이 크게 흔들리며 조각조각 부서져 나갔다. 문짝이 사방으로 흩어지자 헥토르는 갑작스럽게 밀려드는 어둠처럼 문으로 뛰어들었다. 몸에 두른 청동 갑옷과 창날에서 불꽃이 튀었다. 그를 제지할 수 있는 사람은 아무도 없어 보였다.

헥토르는 트로이 병사들을 향해 소리쳤다.

"방벽을 뛰어넘어라!"

그들은 방벽을 뛰어넘었으며 일부 병사들은 부서진 문을 지나 안쪽으로 쏟아져 들어갔다. 그리스 인들은 두려움에 떨며 자신들의 함선 쪽으로 쫓겨갔다.

제13권

함선을 공격하다

바다의 신, 포세이돈의 분노

제우스는 헥토르와 그의 병사들을 그리스 함선 옆으로 이끌고 그리스 인들의 날카로운 공격을 막아내며 싸우도록 내버려둔 다음 그곳에서 눈길을 돌려버렸다. 제우스는 트로이와 그리스를 도우려 는 신이 있을 것이라고는 꿈에도 생각하지 않고 있었다.

그러나 사모스의 울창한 숲 꼭대기에 홀로 앉아 전쟁을 관망하던, 대지를 흔드는 신(포세이돈)은 트로이 군대에 쓰러지는 그리스 인들을 불쌍한 마음으로 바라보고 있었다. 그리고 그렇게 만든 제우스에게 화가 났다.

포세이돈은 성큼성큼 걸어서 바위투성이의 산에서 내려왔다. 그리고 네번째 걸음을 옮기자 바다 속 깊은 심연에 지어진 그의 황금 궁전에 닿았다.

포세이돈은 청동 말굽의 말을 자신의 전차에 맸다. 그리고 황금 겉옷을 걸치고 채찍을 휘두르자 전차는 파도를 가르며 나는 듯이 달려갔다.

돌고래들이 자신들의 주군을 알아보고 전차의 좌우에서 뛰어오르며 즐거워했으며 바다 역시 기꺼이 신을 위해 길을 내주었다. 포세이돈은 테네도스와 임브로스 사이의 바다 속에 있는 깊은 동굴에 다다르자 전차에서 말들을 풀어 먹이를 주고 쉬게 했다. 그리고 말들이 그 자리에 있도록 황금 족쇄로 채우고 자신은 그리스 인들의 거대한 막사로 향했다.

이때 트로이 인들은 불꽃처럼 또는 태풍처럼 무리를 지어 프리아모스의 아들 헥토르의 뒤를 따르고 있었다. 그들은 그리스 인들의 배를 빼앗고 완벽하게 승리를 해낼 것으로 믿었다.

그러나 대지를 쥐고 흔드는 바다의 신이 바다에서 솟아올라와 그리스 병사들을 격려했다. 신은 제일 먼저 싸우려는 의욕이 가득 찬 두 아이아스에게 명했다.

"아이아스여, 아이아스여! 그대들 두 사람이 그리스 군대를 구할 수 있으니 두려움에 굴하지 말고 용기를 내라."

이렇게 말하고 포세이돈이 지팡이로 두 사람을 치자, 그들의 가슴은 놀랄 만한 힘과 용기로 가득 차게 되었다. 그러자 신을 알아본, 민첩한 아이아스가 말했다.

"올림포스에 사는 신 중 한 분이 예언자의 모습으로 함선 옆에서 싸우라고 격려하는군요. 벌써 용기로 가득 찬 내 마음은 적진 한복판으로 돌진하고 싶은 열망에 전율이 일 정도요."

이렇게 이들은 신들이 그들의 마음에 불어넣어준 용기로 인해 전의에 불탔다. 무리를 지어 방벽을 넘어온 트로이 병사들 앞에서 절망의 눈물을 흘리고 있던 그리스 인들이 이제 두 아이아스 옆에 모여들었다.

그들은 헥토르를 기다리며 거대한 방벽을 만들었다. 창과 창, 방패와 방패, 투구와 투구, 그리고 사람과 사람이 바싹 붙어 섰다.

헥토르의 지휘 아래 트로이 인들이 그리스 인들 앞으로 돌진해왔다. 그것은 마치 벼랑에서 굴러 떨어져 숲을 파괴하려는 바위 같았다. 그러나 그들은 촘촘하게 붙어 서서 칼과 창을 휘두르는 그리스 병사들의 밀집대형 앞에서 멈춰 서야 했다.

헥토르는 잠시 비틀거렸으나 그의 군대를 향해 소리쳤다.

"트로이 인, 리키아 인, 다르다니에 인들이여, 물러서지 마라. 헤라의 주군이신 제우스가 나를 이끌어주고 있는 것이 사실이라면 저들은 나를 저지하지는 못할 것이다."

헥토르가 이렇게 소리치며 트로이의 병사들을 맹렬한 기세로 채찍질하자, 프리아모스의 아들 데이포보스가 병사들의 대열을 헤치고 걸어 나왔다. 그는 둥근 방패로 가슴을 방어하며 성큼성큼 걸어 나왔다.

그러자 메리오네스가 그를 향해 번쩍번쩍 빛나는 창을 날렸다. 정확하게 그의 쇠가죽 방패를 맞혔으나 뚫지는 못하고 긴 손잡이가 툭 부러지고 말았다. 메리오네스는 분하게 생각하며 동료들 사이로 되돌아갔다.

그러는 동안 다른 병사들은 여전히 함성을 지르며 싸우고 있었다. 헥토르가 던진 창에 가슴을 맞은 암피마코스가 쓰러졌으며 갑옷이 땅에 부딪치며 마치 천둥이 치듯 쿵쿵 소리를 냈다. 쓰러진 암피마코스의 투구와 갑옷, 창을 빼앗아 오기 위해 헥토르가 달려가자 큰 아이아스가 재빨리 창을 날렸다.

그러나 헥토르의 온몸은 무시무시한 청동으로 감싸여 있었다. 창이 그의 살갗을 찢을 수는 없었으나 그 대신 거센 힘으로 밀어붙였으므로 헥토르는 시신을 남겨두고 물러나야 했다.

날뛰는 이도메네우스

포세이돈은 피비린내 나는 전투에서 자신의 손자(암피마코스)가 쓰러지자 분노로 바들바들 떨었다. 그는 싸움터로 달려가 그리스인들을 격려했다.

크레타의 지휘관인 뛰어난 투창수 이도메네우스가 갑옷을 걸치고 달려나가자, 지혜로운 메리오네스가 뒤를 따르면서 말을 걸었다.

"어느 쪽을 공격하실 건가요? 오른쪽이요? 아니면 중앙? 그것도 아니면 왼쪽 측면?"

그러자 이도메네우스가 얼른 대답했다.

"함선의 중앙은 다른 장수가 맡아줄 것이오. 두 아이아스와 가장 뛰어난 궁수인 테우크로스가 헥토르를 막아낼 것이오. 텔라몬의 아들 큰 아이아스를 굴복시킬 수 있는 인간은 없소이다. 아킬레우스조차도 그를 굴복시킬 수는 없을 것이오. 그러니 우리를 적진의 왼쪽으로 인도해주시오."

이도메네우스 무리들이 달려오는 것을 본 트로이 병사들은 전우들의 이름을 외치며 달려나갔다. 싸움터는 곧게 세워진 긴 창과 번쩍번쩍 빛나는 투구 그리고 청동 방패에서 쏟아져 나오는 빛으로 가득 찼다.

그러나 크로노스의 강력한 두 아들, 제우스와 포세이돈은 자신들의 영웅에게 결코 피할 수 없는 고통을 내리려 하고 있었다.

제우스는 아킬레우스의 명예를 드높이기 위해 트로이와 헥토르의 승리를 원했다. 그러나 모든 그리스 인들이 트로이 성벽 앞에서 전멸하기를 원하는 것이 아니라 다만, 테티스와 그녀의 강한 아들의 영광을 원할 뿐이었다.

그러나 포세이돈은 그리스 인들이 쓰러지는 것을 두고 볼 수 없

일리아스

었다. 제우스와는 형제간이었기 때문에 포세이돈은 가능한 제우스 눈에 띄지 않게 그리스 병사들을 독려했다.

이렇게 두 신은 밀고 당기는 전쟁의 밧줄을 얽어매, 수천 병사들의 무릎을 꺾어버리고 있었다.

포세이돈의 격려로 힘을 얻은 이도메네우스가 프리아모스의 딸 카산드라에게 구혼한 오트뤼오네우스의 방패를 뚫었으며, 모든 트로이 병사들을 깊은 어둠 속으로 끌어들이겠다는 열망으로 사납게 날뛰었다. 이도메네우스는 알카토오스를 죽이고 데이포보스를 조롱했다.

그러나 데이포보스도, 아이네이아스도 이도메네우스를 이길 수 없었다. 여기에 메넬라오스까지 가세하여 죽은 병사의 가슴을 발로 짓누르며 외쳤다.

"트로이 놈들아, 이 잔인한 전쟁이 지겹지도 않느냐! 무엇이 네 놈들을 이렇게 끈질기게 싸우게 하는지는 모르겠지만, 신께서는 너희들의 도시를 파괴할 것이다. 왜냐하면 네놈들은 내 아내를 훔쳐갔다. 아무런 이유도 없이. 그러더니 이제는 우리의 함선을 불지르고 우리의 영웅들을 죽이려 하고 있다. 그러나 아무리 너희들이 미쳐 날뛰어도 언젠가는 전쟁은 끝날 것이다."

이렇게 말하고 메넬라오스는 적들을 향해 달려나갔다.

헥토르의 선전

한편 헥토르는 자신의 병사들이 함선 왼쪽에서 어떻게 되고 있는지 소식을 듣지 못했다. 대지를 뒤흔드는 신, 포세이돈의 격려에 힘입은 그리스 인들이 모든 영광을 차지하고 있었기 때문이다.

헥토르는 처음 방벽을 뛰어넘었던 자리에서 여전히 아이아스와 프로테실라오스의 배를 상대하고 있었다. 그곳은 방벽이 가장 낮은 곳이었다. 그리스 병사들은 맹렬하게 달려드는 헥토르를 겨우 막아내고는 있었으나 물러나게 하지는 못하고 있었다.

그러나 그리스 병사들 뒤에서 화살을 쏘아대는 로크리스 병사들로 인해 전세는 달라지기 시작했다. 이들은 청동 투구도 없었으며 방패와 창도 없었다. 오로지 활과 투석기만을 트로이 병사들의 대열을 향해 날렸다.

무진장 쏟아지는 화살에 병사들이 혼란 상태로 빠져들며 트로이의 성벽으로 물러날 지경이 되자, 폴리다마스가 헥토르에게 다가가 말했다.

"당신은 신이 너무나 뛰어난 능력을 주었다고 믿고 있기 때문에 누구의 조언도 들으려고 하지 않겠지요. 하지만 신은 어떤 사람에게는 놀라운 전투 능력을, 또 다른 사람에게는 리라를 능숙하게 타거나 노래를 할 수 있는 능력을 주었으며, 또 뛰어난 판단력과 훌륭한 감각을 준 사람도 있답니다. 따라서 당신이 이 모든 능력을 다 가질 수는 없습니다. 그래서 지금 내 생각을 말하고자 합니다. 지금은 한곳으로 힘을 모아야 할 때입니다. 그러니 지금 당장 당신은 지휘관들을 불러 모으세요. 그리고 전략을 세워야 합니다. 우리가 함선으로 쳐들어가야 할지, 아니면 지금 물러서야 할지를 말입니다. 저들이 우리에게 진 빚을 되갚을까봐 정말 두렵습니다. 게다가 전투에서 결코 물러서지 않는 전사(아킬레우스)가 아직 건재하고 있으니 말입니다."

헥토르는 그의 계획이 위험성은 낮으면서 성공 확률은 높다고 판단했으므로 당장에 실천하리라 생각했다. 그리고 지휘관들을 찾으러 트로이 군을 향해 달려갔다.

헥토르는 진중을 돌아다니며 데이포보스와 헬레노스, 그리고 아다마스, 아시오스를 찾았으나 그들은 이미 부상을 당해 성벽 안에 들어가 있거나, 죽은 뒤였다. 그러나 헬레네의 남자, 파리스가 싸우고 있는 것이 보였다.

헥토르는 그에게 다가가 경멸하는 듯한 어조로 비아냥거렸다.

"우리 모두를 파멸로 이끄는 자, 파리스여. 데이포보스와 헬레노스는 어디에 있느냐. 아다마스와 아시오스도 보이질 않으니 어떻게 된 것이냐? 트로이의 성벽이 곧 파괴되겠구나. 그렇다면 너 역시 죽음의 구렁텅이로 빠지게 될 것이다!"

그러나 파리스는 자신도 병사들과 함께 줄곧 그리스 인과 싸우고 있었다고 항변했다. 또한 형이 찾고 있는 전사들은 죽고 없지만 나머지 병사들이라도 데리고 형이 이끄는 대로 따르겠다고 했다.

　그들은 가장 치열하게 전투가 벌어지고 있는 곳으로 달려갔다. 수많은 병사들이 청동 칼날을 휘두르며 자신들의 지휘관 뒤를 따랐다.

제14권

헤라가 제우스를 속이다

귀향을 권하는 아가멤논

그리스와 트로이 군의 함성이 맑은 대기를 뚫고 제우스의 궁전에까지 이르자 막사에 있던 노전사 네스토르는 날카로운 청동 날이 박힌 단단한 창을 집어들고 뛰쳐나갔다.

그러나 그는 나가자마자 멈춰 서야 했다. 놀랍고 끔찍한 장면이 펼쳐지고 있었기 때문이었다. 적들이 그리스 병사들을 무자비하게 공격하고 있었으며 방벽은 무너져 있었다.

네스토르는 잠시 망설이다가 아트레우스의 아들 아가멤논을 찾으러 나섰다. 그때 아가멤논과 오디세우스가 부상을 당한 채 함선을 향해 오고 있는 것이 보였다.

그들은 전쟁터에서 잠시 물러나 창에 기대어 전황을 살펴보았다. 그러나 그들의 가슴은 두려움으로 가득 차 있었으며 이때 그들을 향해 다가오는 네스토르의 모습을 보자 괴로움은 더해졌다.

아가멤논이 급하게 네스토르에게 말을 건넸다.

"어찌하여 싸움터에 있지 않고 이곳에 있는 것이오? 난 헥토르가 우리의 함선에 불을 지르고, 우리들을 죽이기 전까지 트로이로 돌아가지 않겠다고 했던 말이 정말로 이루어질까 두렵소이다. 우리 전사들은 아킬레우스처럼 나를 미워하며 싸우려 하지 않는 것은 아니오?"

그러자 네스토르가 대답했다.

"맞소. 재앙이 우리를 덮쳐버렸소. 천둥을 치시는 제우스도 이것은 바꿀 수 없는 모양이오. 그러니 앞으로 어떻게 해야 할지 머리를 모아 생각해봅시다."

그러자 그리스 군의 총대장 아가멤논이 한걸음 걸어나와 말했다.

"우리가 힘들여 만들어 놓은 방벽이 아무 쓸모가 없게 되었소. 아마도 제우스께서는 그리스 인들이 고향에서 수만리 떨어진 이곳에서 이름도 없이 죽기를 바라는 것이 틀림없소. 이제야 나는 그분이 트로이 인들에게 영원불멸한 신들에게 주는 것 같은 축복을 내리려는 것이며 싸우려는 투지로 가득한 우리의 손과 발은 묶으려 한다는 것을 알았소. 그러니 우리의 함선을 전부 끌어내리고 신성한 밤이 오면 파멸을 피해 달아나도록 합시다!"

이때 뛰어난 전략가 오디세우스가 총대장의 명령을 거부하며 말했다.

"아트레우스의 아들이여, 굳게 닫힌 당신의 입술에서 흘러나오는 그 말이 무슨 뜻이오? 당신은 파멸을 가져오는 자가 틀림없소이다. 당신은 우리를 지휘하지 말아야 했소. 왜냐하면 우리는 제우스에 의해 이 야만적인 전쟁이 끝날 때까지 처절한 고통을 감수하도록 운명지워졌기 때문이오. 이곳을 떠나겠다는 말이 진정 홀을 가진 왕이 할 수 있는 말인지, 당신의 판단력을 의심하지 않을 수 없소이다. 분명 당신의 계획은 우리 모두를 죽이고 말 것이오!"

아가멤논은 오디세우스의 신랄한 비난에 몸을 낮추었다. 그리고 더 뛰어난 전략이 있다면 기꺼이 따르겠다고 했다.

이때 디오메데스가 앞으로 나와, 자신이 비록 나이가 어리지만 앞장서서 다시 싸움터로 나가겠다고 했다. 그리고 부상당한 자들은 어쩔 수 없지만 마음이 내키지 않아 싸움에서 물러나 있던 병사들에게 용기를 주어 싸움터로 나갈 수 있도록 하겠다고 했다. 그러자 모두들 그의 말에 수긍하며 아가멤논의 지휘를 받으며 앞으로 나아갔다.

이들을 줄곧 지켜보고 있던 포세이돈은 아트레우스의 아들, 아가멤논의 오른팔을 잡고 신탁을 내렸다.

"아가멤논이여, 그대는 신성한 신들의 노여움을 받지 않은 자이다. 그러니 트로이의 왕들과 지휘관들이 먼지 속으로 사라지는 것을 그대의 눈으로 반드시 보게 될 것이다."

이렇게 말하고 포세이돈은 그리스 병사들의 가슴에 전쟁을 끝까지 해낼 수 있는 투지를 불어넣어 주었다.

제우스를 유혹하는 헤라

헤라 여신은 올림포스 산 꼭대기에 있는 황금 옥좌에 살포시 앉아 전쟁을 내려다보고 있었다. 그녀는 전사들을 세차게 몰아치며 돌아다니는 자가 자신의 오빠이며, 제우스의 동생인 포세이돈이라는 것을 알아보고 마음이 흐뭇해졌다.

헤라는 전쟁터에 천둥과 번개를 내리치는 제우스를 속여먹을 술책이 뭐가 있을까 눈동자를 굴리며 궁리했다.

마침내 한 가지 계책이 그녀의 마음을 세차게 두들겼다. 그것은 눈부시게 아름답게 차려입고 제우스가 있는 이다 산으로 가는 것이었다. 그렇게 하면 제우스는 그녀를 껴안고 영원한 사랑을 나누려고 할 것이며 그런 다음 달콤한 잠으로 빠져들 것이기 때문이다.

헤라는 먼저 암브로시아[1]로 그녀의 매끄러운 몸을 닦아내고 올

---

1) 신들의 음료, 또는 향유이다.

리브를 문질러 발랐다. 그녀에게서 풍겨나오는 향기가 하늘에서 땅까지 퍼져나갔다. 그리고 머리는 곱게 땋아 늘어뜨리고 아테나가 그녀를 위해 짜준 긴 드레스를 걸쳤다. 가슴에는 황금 브로치를 달고 장식술이 무수히 달린 허리띠를 둘렀으며 은귀고리를 달고 머리에는 여신들의 여왕답게 태양처럼 빛나는 베일을 썼다.

머리에서 발끝까지 여왕다운 고귀한 상징으로 치장한 그녀는 방을 나와 아프로디테를 불러냈다.

그리고 그녀에게 신과 인간, 모두를 사로잡을 수 있는 사랑의 힘과 열정을 달라고 했다. 아프로디테는 신들의 여왕인 그녀의 청을 감히 거절할 수는 없는 일이었으므로 그녀의 가슴에서 가슴받이를 꺼냈다. 거기에는 아무리 분별력이 뛰어난 남자일지라도 거부할 수 없는 마법 같은 열정, 사랑의 속삭임, 욕망이 들어 있었다.

헤라는 그것을 받아들고 올림포스 산에서 뛰어내렸다. 그리고 눈 덮인 산과 높은 산봉우리를 나는 듯이 달려갔다. 렘노스 섬에 이르자 죽음의 신과 쌍둥이인 잠의 신을 불러내 청했다.

"모든 신과 인간들의 지배자인 잠의 신이여, 내가 제우스와 함께 잠자리에 들면 지체없이 그의 빛나는 눈을 잠들게 해다오. 내 청을 들어주면 내 아들 절름발이 헤파이스토스가 만든 멋진 옥좌를 선물하겠다."

그러나 잠의 신은 제우스 만큼은 잠들게 할 수 없다고 했다. 그러자 헤라는 카리테스 여신들 가운데 한 명인 파시테에[2]를 아내로 삼을 수 있도록 주선해주겠다며 다시 청했다.

평소에 파시테에를 열망하고 있던 잠의 신은 기뻐하며 이렇게 답했다.

"그렇다면 스틱스 강물과 대지 아래의 모든 신 앞에서 맹세해 주세요."

헤라는 그의 요구에 따라 티탄족이라 불리는 타르타로스의 모든 신들의 이름을 부르며 맹세를 했다. 그리고 두 신은 함께 제우스가 있는 이다 산으로 향했다.

구름을 몰고 있던 제우스는 헤라를 보는 순간 욕망에 사로잡혔다. 그래서 그녀의 이름을 부르며 멈추어 세웠다.

"헤라 여신이여, 어디를 그렇게 급히 가는 것이오?"

헤라는 신들의 아버지 오케아노스와 어머니 테티스를 만나러 가는 길이라고 했다. 사이가 나빠진 두 분을 화해시키러 가는 길이라며 거짓말을 했다.

그러자 제우스가 얼른 대답했다.

"그런 일이라면 내일 가도 되지 않겠소. 지금은 나와 함께 사랑을 나눕시다. 그대에 대한 욕망이 지금처럼 강력하게 나를 사로잡

---

2) 카리테스 여신은 3명으로 제우스의 딸들이다. 파시테에는 그중 한 명으로 아프로디테를 수행하는 시녀이다.

은 적이 결코 없었소. 페르세우스를 낳은 다나에를 사랑했을 때에도, 또한 세멜레, 테베의 알크메네, 데메테르 그리고 고결한 레토를 사랑했을 때에도 이렇지 않았단 말이요."

헤라는 영악하게 제우스를 유혹하며 말했다.

"설마 온 세상 사람들이 다 바라볼 수 있는 이곳 이다 산 꼭대기에서 저랑 사랑을 나누시겠다는 말씀은 아니시죠."

그러나 구름을 모으는 제우스는 그런 것은 걱정하지 말라며 아내를 껴안았다. 그러자 신성한 대지는 크로커스, 히야신스, 풋풋한 파란 새싹, 이슬을 머금은 클로버 등을 피워내고 두 사람을 들어올려 주었으며 훌륭한 황금의 구름으로 감싸주었다.

제우스는 격정적인 사랑을 나눈 다음 깊은 잠으로 빠져들었다. 이때 잠의 신은 재빨리 대지를 흔드는 신 포세이돈에게 이 소식을 전하기 위해 함선으로 달려갔다. 그리고 제우스가 잠을 자고 있는 동안 그리스 인을 도우라고 포세이돈을 부추겼다.

포세이돈은 황급히 전사들의 대열 앞으로 나아가 소리쳤다.

"헥토르가 우리의 함선을 다 빼앗고 영광을 차지하게 내버려둘 셈인가? 아킬레우스를 아쉬워하지 말고 우리끼리라도 힘을 합쳐 싸우자. 모두 방패와 투구를 두르고 창을 들어라!"

모든 병사들이 그의 말에 수긍을 했으므로 디오메데스와 오디세우스, 아가멤논은 부상을 당했지만 자신의 병사들을 무장시키고 공격을 명령했다.

대지의 신은 큼직한 그의 손에 무시무시한 칼을 거머쥐고 앞장서서 그들을 이끌었다. 칼날이 마치 번개처럼 번득였다. 그 가차 없는 칼날에 살아남거나 맞설 수 있는 사람은 아무도 없어 보였다. 겁에 질린 트로이 병사들은 뒤로 물러났다.

그러나 헥토르는 자신의 병사들을 한곳으로 정렬시켜 그들에 대항하였다. 푸른 머리의 바다 신과 헥토르에 의해 그들은 더욱 팽팽하게 맞서게 되었다.

헥토르가 먼저 아이아스를 향해 창을 던졌으나 가슴을 뚫지는 못했다. 헥토르가 분통해하며 돌아서자 이때 아이아스가 전사들의 발 사이에 돌아다니는 돌멩이를 집어들고 헥토르를 향해 던졌다.

돌은 무수히 많은 함선의 버팀돌이었다. 헥토르의 방패에 떨어진 돌은 거센 힘으로 헥토르를 빙그르 돌리더니 땅 위로 쓰러뜨렸다. 그것은 마치 제우스의 번개를 맞고 뿌리채 쓰러지는 참나무 같았다.

쓰러졌던 헥토르가 자신의 마차를 타고 완전히 퇴각하자 그리스인들은 더욱 거세게 트로이 인들을 공격했다.

제15권
바닷가로 밀리는 그리스 군대

제우스의 분노

장애물들을 건너 참호 쪽으로 돌아서서 도망가던 트로이 병사들이 그리스 군에 의해 쓰러졌다. 그리고 겨우 살아서 참호에 도착한 나머지 병사들도 멈추어 서서 두려움으로 파랗게 질렸다.

바로 그 순간 헤라를 껴안고 자고 있던 제우스가 잠에서 깨어났다. 벌떡 일어나 아래를 내려다본 제우스의 눈에 우왕좌왕하며 쫓기고 있는 트로이 인들이 보였다. 그리스 인들이 그들을 쫓고 있었는데 그 속에는 포세이돈도 있었다.

또한 전쟁터에 사지를 늘어뜨리고 쓰러져 있는 헥토르의 모습도 보였다. 그의 주위에는 동료들이 무릎을 꿇고 둘러앉아 있었으며 헥토르는 헐떡거리며 힘겹게 숨을 쉬고 있었다.

제우스는 헤라를 무서운 눈초리로 쏘아보며 말했다.

"이 모든 재앙을 획책한 못 말리는 헤라여! 헥토르의 공격을 저지시키고, 그의 군대를 후퇴하게 한 것이 모두 그대의 술책이겠지. 내가 그대를 공중에 매달았던 적이 있었다는 것을 잊지는 않았겠지. 그대의 두 발을 커다란 모루에 매달고 두 손은 황금 사슬로 묶어버렸지. 헤라클레스를 쫓아낸 그대를 한 번은 용서했으나 더 이상은 용서치 않을 것이니 또다시 나를 속이려는 짓은 그만두는 것이 좋다는 것을 말하려는 거요."

제우스의 고함에 헤라는 눈을 둥그렇게 뜨며 벌벌 떨면서도 항변하듯이 말했다.

"하늘과 땅 그리고 스틱스 강과 우리의 결혼을 걸고 맹세하건대, 내가 의도한 것이 아니고 포세이돈이 트로이 인들과 헥토르에게 분노를 터뜨린 것입니다."

그러자 제우스는 미소를 지으며 헤라에게 신들이 있는 곳으로 달려가 이리스와 아폴론을 데리고 오라고 했다.

제우스는 이리스에게는 전쟁터에서 포세이돈을 끌어내게 할 것이며 아폴론에게는 헥토르가 다시 싸움터로 돌아갈 수 있도록 용기를 넣어줄 것이라고 했다. 또한 그리스 인들을 무력하게 만들어 물러서게 하여 아킬레우스의 함선으로 도망치게 만들겠다고 말했다.

아킬레우스가 파트로클로스를 전쟁터에 내보내고 그가 헥토르에게 죽임을 당하면 아킬레우스는 전쟁터에 나가게 될 것이며, 그렇게 되면 테티스에게 약속한 대로 그리스 인들은 트로이를 함락시킬 때까지 싸우게 되고 아킬레우스는 명예를 되찾게 될 것이라고 했다.

포세이돈, 바다로 돌아가다

헤라는 제우스의 말에 따라 즉시 올림포스의 궁전으로 달려갔다. 제우스의 홀에 모여 있던 불사신들이 그녀를 반갑게 맞이했다. 헤라는 먼저 아름다운 테미스가 건네는 잔을 받아들고 아무것도 묻지 말아 달라고 한 다음 자신의 자리에 앉았다.

헤라는 입술로는 미소를 짓고 있는 듯했으나 검은 눈썹 위로는 화를 내고 있다는 것을 감추지 못한 채 여러 신들에게 말했다.

"제우스에게 대항하는 것은 정말이지, 미친 짓이에요! 힘과 권력으로 그를 맞설 수 있는 신은 이 세상에 없어요. 이곳에 있는 그대들은 제우스가 어떤 벌을 내려도 당연히 받아들여야 하지요. 아마도 아레스가 그렇다고 생각되는 군요. 그의 사랑하는 아들, 아스칼

라포스가 전쟁터에서 죽었어요. 무적의 아레스가 바로 그의 아버지 아닌가요?"

아레스는 자신의 넓적다리를 손바닥으로 치며 슬퍼하며 말했다.

"제우스의 벼락을 맞을지라도 죽은 아들의 원수를 갚기 위해 그리스 인들의 배가 있는 곳으로 가겠소."

아레스는 시종을 불러 말을 준비시키고 갑옷을 입고 창을 들었다. 제우스로부터 더 큰 재앙이 내려질 것을 안 아테나가 놀라서 뛰쳐나갔다. 그리고 아레스의 투구를 벗겨내고 방패와 창을 빼앗아버렸다.

"미쳤구나! 스스로 파멸의 길로 들어서다니! 방금 헤라가 한 말을 듣지 못한 것이냐? 우리 모두를 헤아릴 수 없는 고통 속으로 빠뜨릴 참이냐? 제우스는 누구도 용서하지 않을 것이야. 그러니 부디 아들로 인한 분노를 조금만 참아보도록 해라."

이렇게 아테나가 아레스를 다시 자리에 앉히자 헤라는 제우스의 명령대로 불사신들의 사자인 이리스와 아폴론을 그에게로 보냈다.

제우스는 헤라의 명령을 신속하게 따른 그들을 보자 화가 누그러졌다. 제우스는 먼저 이리스에게 바다의 신 포세이돈에게 전쟁과 전투에서 빨리 손을 떼고 그의 빛나는 바다 속으로 돌아가든지 아니면 신들이 있는 곳으로 가라는 명령을 전하게 했다. 또한 제우스가 훨씬 강력하고 나이도 많다는 사실을 일깨워주라고 했다.

이리스는 바람처럼 달려가 포세이돈에게 그대로 전했다. 포세이돈은 분노로 벌벌 떨면서 외쳤다.

"크로노스와 레아에 의해 태어난 삼형제가 바로 제우스, 나 그리고 하계를 다스리는 하데스이다. 세상의 모든 것이 똑같이 삼분되어 나에게는 바다의 세계, 하데스에게는 어두컴컴한 어둠의 세계가, 제우스에게는 높고 맑은 하늘과 구름이 있는 천상의 세계가 주어졌다. 따라서 나는 제우스의 명령에 따를 이유가 없어. 그가 어떤 위협을 해도 나에게는 통하지 않아. 제우스의 아들딸들이라면 군말 없이 복종하겠지만."

그러나 이리스는 복수의 여신들을 상기시키면서 포세이돈을 설득했다. 포세이돈은 사자의 설득에 이번만은 참겠다고 생각했다. 그러나 아테나와 헤라, 헤르메스와 헤파이스토스의 뜻을 무시하고 트로이를 파멸시키지도 않고, 그리스 군대에 승리의 영광을 주려고도 하지 않는다면 두 사람 사이의 불화는 결코 해소되지 않을 것이라고 했다.

분노에 떨던 포세이돈이 이렇게 말하고 깊은 바다 속으로 돌아가자 그리스 인들은 아쉬워했다. 제우스는 얼른 아폴론을 불러 헥토르가 그리스 인을 헬레스폰토스까지 쫓아내도록 보살펴주라고 일렀다.

함선으로 쫓겨간 그리스

아폴론은 아버지의 말에 따라 이다 산에서 날개 달린 매보다 더

빨리 달려 내려갔다. 그는 현명한 왕 프리아모스의 아들, 헥토르를 발견하고 그의 곁으로 갔다. 헥토르는 이제 정신을 차리고 일어나 자신의 동료들도 알아보았다. 거칠게 쉬던 호흡과 땀도 멎어 있었다. 제우스가 벌써 그를 살아나게 했기 때문이다.

활을 잘 쏘는 아폴론은 그에게 크로노스의 아들이 자신을 내려보내 그를 도우라고 했다는 말을 전했다. 수많은 전차병들을 몰아 그리스 인의 함선 쪽으로 달려가라며 용기를 주었다.

아폴론의 명령을 들은 헥토르는 전차병들에게 박차를 가하여 달려나가도록 했다. 그리스 병사들은 밀집대형을 만들고 창과 칼을 휘두르며 트로이 병사들을 밀어냈다. 그러나 전차병들과 함께 달려드는 헥토르를 보자 다시 겁을 집어먹고 사기가 떨어지고 말았다.

그러자 안드라이몬의 아들 토아스가 뒤로 물러서려는 동료들을 향해 외쳤다.

"아이아스의 손에 죽기를 그렇게 바랐건만 헥토르는 다시 기적처럼 살아났다. 제우스가 그의 곁에 있음이 분명하다. 그러니 일부 병사들은 함선 쪽으로 물러나고 우리 중에서 가장 용맹한 전사들만 남아 헥토르와 맞붙어 싸우도록 하자!"

그러나 무시무시한 아이기스를 든 아폴론이 앞장서서 방벽을 무너뜨리자 트로이 인들은 크게 함성을 지르며 뛰어넘어 갔다. 헥토르는 트로이 인들에게 함선으로 몰려가서 불을 지르라고 소리쳤다.

아이아스를 비롯한 그리스 인들이 함선 위에서 긴 장대로 횃불을 들고 달려드는 트로이 병사들을 내몰았으므로 함선은 쉽게 불에 타지 않았다.

그러나 제우스의 의지는 프리아모스의 아들, 헥토르에게 영광을 내리는 것이었다. 헥토르가 부리처럼 하얀 그리스의 함선을 불질러야 테티스의 소원을 들어줄 수 있기 때문이었다.

세상을 통치하는 신으로서 제우스는 그리스 인들의 함선이 불에 타기를 기다리고 있었다. 바로 그 순간이 되면 트로이 인들을 함선에서 물러나게 하고 그리스 인들에게 영광을 다시 돌려줄 참이었다.

제우스는 아레스처럼 사납게 창을 휘두르도록 헥토르를 조종했다. 빽빽하게 들어찬 숲 속을 휩쓰는 거대한 불꽃처럼 헥토르의 입은 거품으로 가득 찼고 눈동자가 빛났으며 그때마다 그의 투구는 거세게 흔들렸다.

제우스가 헥토르에게 영광을 내린 것은 그가 일찍 죽을 운명이었기 때문이다. 즉 아테나 여신이 위대한 아킬레우스의 힘으로 그를 파멸시킬 날을 이미 재촉하고 있었다.

제16권

파트로클로스의 전투 그리고 죽음

파트로클로스의 눈물

그리스 인과 트로이 인이 함선 주위에서 죽을 힘을 다해 싸우는
것을 바라보던 파트로클로스는 그의 위대한 상관, 아킬레우스에게
로 갔다. 그리고 높은 벼랑 위에서 쏟아져 내리는 검은 샘물 같은
눈물을 흘렸다. 그러자 눈부시게 빨리 달리는 전사 아킬레우스가
어찌하여 그렇게 슬프게 울고 있는지를 물었다.

파트로클로스는 친구에게 이렇게 대답을 했다.

"커다란 재앙이 우리 군사들을 휩쓸고 있다네. 용맹한 우리의 전사들이 화살에 맞고, 창에 찔려 함선에 쓰러져 있다네. 강력한 디오메데스도, 뛰어난 궁수 오디세우스 그리고 아가멤논, 유명한 투창수 에우리필로스까지 부상을 당하여 의사들이 모든 약을 동원하여 그들을 치료하고 있다네. 그런데 아킬레우스, 자네는 여전히 완고한 모습이군. 자네가 품고 있는 원한에 내가 동요되지 않기를 신께 빌어야겠네. 혹시 자네가 어떤 신탁을 두려워하여 그리스 인들을 파멸에서 구하지 않는다면 나라도 전쟁터에 나가게 해주게. 그리고 자네의 군사들인 뮈르미도네스 족을 이끌도록 해주게나. 자네의 갑옷을 내가 걸치고 나가면 트로이 인들이 나를 아킬레우스로 착각하고 물러갈 수도 있지 않겠는가."

이렇게 간청함으로써 파트로클로스는 스스로를 죽음과 잔인한 운명 속으로 밀어 넣고 있었다.

그러자 아킬레우스는 심히 고통스러운 어조로 외쳤다.

"오, 파트로클로스여! 무슨 말을 하고 있는 것인가? 제우스가 내 어머니 테티스에게 내린 신탁 같은 것은 없다네. 내가 나의 창으로 도시를 함락시켰을 때 얻는 전리품(브리세이스)을 강력한 아가멤논이 약탈해 감으로써 내게 모멸감을 주었다네. 그러니 전쟁의 함성이 나의 함선에 이르기 전까지는 아가멤논에 대한 노여움을 절대 풀지 않을 것이네."

그러나 아가멤논의 외침은 전혀 들리지 않고 전사들을 죽이는 헥토르의 외침이 온 들판을 가득 채우자 아킬레우스는 파트로클로스라도 나가서 싸우라고 했다.

그러나 아킬레우스는 파트로클로스에게 함선에서 트로이 인들을 몰아내는 즉시 그들을 뒤쫓지 말고 바로 돌아오라고 당부했다. 파트로클로스 혼자 그리스 전사들을 이끌고 트로이의 성벽을 공격해서는 절대 안 된다고 했다.

한편 함선에서는 아이아스가 트로이 인들이 쏘아대는 무기들을 막아내고 있었다. 끊임없이 투구가 흔들렸으며 방패를 들고 있는 왼쪽 어깨도 지쳐가고 있었다. 가쁜 숨을 몰아쉬며 땀을 비오듯 흘렸으나 아이아스의 눈에 보이는 것은 온통 재앙뿐이었다.

이제 어떻게 하여 그리스 함선들이 불타게 되었는지를 올림포스 궁전의 뮤즈의 여신들이 노래할 차례이다!

마침내 헥토르가 아이아스에게로 바짝 다가서서 그가 들고 있는 물푸레나무 창을 칼로 잘라버렸다. 아이아스는 부러진 창을 헛되이 휘두르며 이 모든 것이 저 높은 곳에 계신 제우스의 뜻이라는 것을 알고 몸서리쳤다. 아이아스는 사정거리 밖으로 물러날 수밖에 없었다.

아이아스가 물러나자 트로이 인들은 함선 안으로 쉴 새 없이 불을 던져 넣었다. 배는 순식간에 화염에 휩싸여 꺼질 줄 몰랐다.

아킬레우스는 그제서야 자신의 넓적다리를 세차게 치며 파트로클로스에게 서둘러 말했다.

"파트로클로스여, 싸울 준비를 해라! 누구보다 뛰어난 전차의 전사여, 함선의 불길이 내 눈에도 보이니 적들이 우리의 함선을 전부 불태우게 해서는 안 돼! 어서 내 갑옷을 걸치도록 하게. 나는 병사들에게 전투 준비를 시키겠네."

파트로클로스는 아킬레우스의 빛나는 무구들로 무장을 했다. 먼저 다리 보호대를 두르고 구두 뒤쪽으로 은으로 만들어진 복사뼈 걸쇠를 단단히 조였다. 가슴에는 흉갑을 둘렀는데 그곳에는 빨리 달리는 전사, 아킬레우스를 표시하는 별 모양의 문장이 새겨져 있었다. 어깨에는 은빛 못이 박힌 청동 검을 걸치고 방패를 들었다.

머리에는 잘 만들어진 투구를 썼으며 자신의 손에 알맞은 창 두 자루를 거머쥐었다. 파트로클로스는 아킬레우스의 창만 들지 않았는데, 무겁고 단단한 그 창은 모든 그리스 인 중에서 오직 아킬레우스만이 들고 휘두를 수 있었기 때문이다.

아킬레우스는 자신의 부하인 뮈르미도네스 족을 무장시켰다. 그들은 50척의 빠른 함선을 타고 트로이로 왔다. 각 함선에는 뛰어난 지휘관을 배치시켰으며 아킬레우스가 그들을 통치했다.

그들은 그동안 함선 옆에 붙들려 있으면서 차라리 바다를 항해하며 고향으로 돌아가는 것이 낫겠다며 아킬레우스를 원망했다. 그런데 이제 아킬레우스가 그들에게 마침내 파트로클로스를 따르라고 외쳤다.

"화염에 싸인 거대한 전쟁터가 바로 그대들의 눈앞에 펼쳐져 있

160

다. 이제 용기를 내어 트로이 인을 물리쳐라!"

아킬레우스의 갑옷을 입은, 파트로클로스

전사들은 왕의 명령에 따랐다. 커다란 돌담을 쌓듯이 투구와 투구가 붙고, 방패와 방패, 그리고 사람과 사람이 바싹 붙어 한 덩어리가 되었다. 파트로클로스와 아우토메돈이 그들의 선두에 섰다.

그동안 아킬레우스는 제우스에게 바치는 잔에 포도주를 따르고 기도했다.

"신이여, 제 기도를 들어주세요. 나의 전사들과 동료를 전쟁터로 보냅니다. 그들에게 영광을 내리시고 용기를 불어넣어주세요. 그리고 함선으로 달려드는 맹렬한 공격을 물리치는 즉시 부하들을 데리고 무사히 나에게 다시 돌아오게 해주세요!"

고결한 파트로클로스와 무장한 전사들은 터질 듯한 분노를 가슴에 안고 앞으로 나아갔다. 마치 성이 나서 달려드는 말벌 떼처럼 함선에서 쏟아져 나왔다. 파트로클로스가 그들에게 외쳤다.

"우리는 반드시 그리스 인 중에서 가장 용감한 아킬레우스의 명예를 되찾아야 할 것이다! 그래야 아가멤논이 그를 모욕한 것이 얼마나 바보 같은 짓이었는가를 알게 될 것이다."

그들이 트로이 인들을 공격하자 함선 주위는 날카로운 함성들로 메아리쳤다. 트로이 인들은 아킬레우스가 분노를 바람에 실려

보내버리고 다시 함선으로 돌아와 그리스 인들과의 우정을 회복한 것으로 생각했다. 병사들은 저마다 갑작스럽게 밀어닥친 죽음에서 어떻게 하면 도망칠 수 있을까를 궁리하며 황급히 좌우를 두리번거렸다.

파트로클로스의 창이 트로이의 뛰어난 지휘관 퓌라이크메스를 쓰러뜨리자 공포에 휩싸인 병사들이 달아나기 시작했다. 파트로클로스는 그들을 전부 함선에서 물리치고 불길을 껐다. 그리고 달아나는 트로이 인들을 뒤쫓았다.

트로이 인들은 비명을 지르며 정신없이 달아났다. 병사들은 대열을 마구 이탈하여 진지 뒤로 물러났다. 헥토르는 빨리 달리는 그의 말에 실려 병사들을 뒤에 두고 도망갔다. 전차를 끌던 말들이 호에 빠져 전차들이 부서져버렸다.

파트로클로스는 더욱 병사들을 격려하며 트로이 인들을 추격하게 했다.

"트로이 인들을 전부 죽여라!"

트로이 인들이 도망가는 길은 공포의 외침으로 가득 찼다. 트로이의 성을 향해 질주해가는 말발굽 아래 먼지 폭풍이 구름처럼 피어올랐다.

파트로클로스는 트로이 인들을 성 안으로 들어가지 못하게 해놓고 함선과 커다란 성벽 사이의 대지 위에 그들의 시체를 겹겹이 쌓아올렸다. 사르페돈은 자신의 동료들이 쓰러지는 것을 보자 달아나는 리키아의 병사들을 꾸짖었다. 그리고 무장을 한 채 전차에서 뛰어내렸다.

파트로클로스도 그를 보고 자신의 전차에서 뛰어내렸다. 그들은 마치 발톱을 웅크리고 구부러진 부리로 으르렁거리며 싸우는 한 쌍의 독수리처럼 서로에게 달려들었다.

제우스는 위대한 두 전사들의 싸우는 모습을 측은하게 바라보았다. 그래서 그의 누이이며 아내인 헤라에게 말했다.

"아, 잔인한 운명이여…… 인간들 중에서 가장 사랑하는 아들인 사르페돈이 파트로클로스의 손에 죽을 운명이라니…… 그를 살려서 기름진 리키아 땅으로 보내야 할까, 아니면 죽게 내버려두어야 할까?"

그러나 헤라는 이미 죽을 운명인 인간을 제우스가 살려준다면 칭찬할 신은 아무도 없을 것이라며 경고했다. 인간과 신들의 우두머리인 제우스라 할지라도 헤라의 말을 무시할 수는 없었다.

파트로클로스가 사르페돈의 시종을 쓰러뜨리자 사르페돈이 파트로클로스를 향해 창을 던졌다. 그러나 창은 빗겨가고 말들이 비명을 지르며 먼지 속에 쓰러졌다. 파트로클로스가 다시 한번 그의 청동을 들고 덤벼들었다. 그리고 사르페돈의 고동치는 심장을 둘러싸고 있는 횡격막이 있는 곳을 맞혔다.

사르페돈은 쓰러져 신음하면서 사랑하는 전우의 이름을 불렀다.

"글라우코스여, 그대가 가장 뛰어난 투창수라는 것을 보여주게! 그대가 정말 용기 있는 자라면 그대의 투지로 이 전쟁을 더욱 잔악하게 만들어주게. 그리고 나를 대신하여 리키아의 병사들을 이끌어주기 바라네. 그리고 그리스 인들이 나의 무구들을 벗겨가게 된다면 평생 그대의 수치가 될 것이라는 것을 명심하게."

사르페돈이 숨을 거두자 파트로클로스는 그의 가슴을 발로 누르며 창을 뽑아냈다. 그러나 글라우코스 역시 화살에 맞아 피를 흘리고 있었으므로 어떻게 할 도리가 없었다.

글라우코스는 아폴론 신에게 자신의 상처에서 흐르는 피를 멎게 해주고 싸울 수 있도록 용기를 달라고 간절히 기도했다.

아폴론은 그의 기도를 듣고 즉시 고통을 멈추게 했으며 검은 피도 굳게 해주었다. 그리고 그의 마음에 용기를 불어넣어주었다.

글라우코스는 위대한 신이 자신의 기도를 들어준 것을 크게 기뻐하며 서둘러 리키아인 지휘관을 찾아갔다. 그리고 사방을 돌아다니며 그들을 격려하고 사르페돈의 시신에 그리스 인들이 모욕을 가하지 않도록 시신이라도 찾아오자며 헥토르에게 간청했다.

파트로클로스를 덮친 잔인한 운명

잔인한 슬픔이 트로이 인들을 휩쓸었다. 헥토르는 노여워하며 전사들의 선두에 서서 싸움터로 향했다. 이에 파트로클로스도 그리스 인의 방벽을 가장 먼저 공격한 사르페돈의 시신을 차지하여 그의 무구들을 빼앗아 본보기로 삼아야 한다고 소리쳤다.

사르페돈의 시신을 둘러싸고 싸움터는 양편 군사들의 무시무시한 함성과 함께 갑옷과 창칼이 맞부딪치며 내는 소리로 가득했다.

또한 제우스는 전쟁터에 거대한 어둠을 내려 서로를 알아볼 수 없는 잔혹한 전투가 벌어지게 했다. 그리고 파트로클로스를 어떻게 해야 가장 좋을지를 궁리했다.

제우스는 파트로클로스로 하여금 트로이 인과 헥토르를 그들의 성으로 몰아내고 또한 수많은 트로이 인들을 죽일 수 있도록 해주는 것이 좋겠다고 결정했다. 그래서 헥토르에게는 두려움을 불어넣었다. 그러자 헥토르가 자신의 병사들에게 '후퇴하라!'고 소리치며 달아나기 시작했다. 헥토르는 제우스가 자신의 저울을 아래로 기울게 했다는 사실을 알아차렸던 것이다.

헥토르와 함께 리키아 인들도 사르페돈의 시신을 남겨 두고 도망을 갔으므로 그리스 인들은 사르페돈의 어깨에서 갑옷들을 벗기고 자신들의 함선으로 가져갔다.

그러나 파트로클로스는 불행하게도 자신에게 내려진 잔혹한 운명을 알아보지 못했다. 그리고 자신의 부하들을 데리고 도망가는 트로이 인들을 뒤쫓아갔다.

파트로클로스는 높이 쌓인 트로이의 성벽을 세 번이나 도전했다. 그리스 인들은 파트로클로스의 힘으로 그 성벽을 함락시켰을지도 모른다고 생각했다. 그러나 아폴론이 그를 세게 밀쳐내며 소리쳤다.

"파트로클로스여, 이 성벽은 그대보다 훨씬 뛰어난 아킬레우스에게도 함락되지 않을 운명이다. 그러니 돌아가라!"

파트로클로스는 아폴론의 노여움이 두려워 뒤로 물러났다. 이때 헥토르는 스카이아이 성문 아래에서 잠시 기다리며 전쟁터로 다시 뛰어들어야 할지, 아니면 자신의 군대를 성벽 안으로 불러들어야 할지를 고민했다.

이때 아폴론이 그에게 다가가 싸우라고 격려했다. 헥토르는 자신의 튼튼한 말들을 파트로클로스를 향하여 몰았고 파트로클로스도 전차에서 뛰어내려 헥토르를 향해 커다란 돌을 집어던졌다. 돌은 헥토르의 말을 몰던 동생의 양미간을 맞혔다.

이렇게 두 사람은 무자비하게 칼을 휘두르며 상대방을 쓰러뜨리려 했다. 헥토르는 파트로클로스의 머리를 잡고 놓아주지 않았으며 파트로클로스는 헥토르의 발목을 붙잡고 늘어졌다. 그러자 다른 전사들도 서로 격렬하게 맞붙어 싸웠다.

이때 짙은 안개 속에 몸을 감추고 있던 아폴론이 파트로클로스의 뒤에 서서 등과 어깨를 세차게 내리쳤다. 파트로클로스의 투구가 시끄러운 소리를 내며 말발굽 아래로 굴러 떨어졌으며 움켜쥐고 있던 창은 산산히 부서져버렸다. 또한 어깨에 걸친 방패도 땅 위로 떨어지고 말았다.

모든 재앙이 순식간에 파트로클로스를 사로잡아버리는 듯하자 파트로클로스는 잠시 얼이 빠져 그대로 멈춰 서 있었다. 그 사이에 에우포르보스란 자가 그의 뒤쪽에서 양 어깨 사이의 등에 창을 던졌다.

신의 위협적인 타격을 받은 상태에다 창까지 맞은 파트로클로스는 뒤로 물러설 수밖에 없었다. 그러나 헥토르가 대열을 헤치고 나아가 돌아서는 그를 향해 똑바로 돌진하여 창을 찔러 넣자 창은 등 뒤까지 관통해버렸다.

마침내 파트로클로스가 쓰러졌다. 헥토르는 쓰러진 파트로클로스를 향해 아킬레우스가 승리를 위해 그를 보낸 것이 어리석었음을 거침없이 말하였다. 공포가 그리스 인들을 압도했다. 파트로클로스가 힘겹게 숨을 몰아쉬며 말했다.

"헥토르여! 승리가 너의 것이로구나. 제우스와 아폴론이 나를 죽음으로 이끌었다. 20명의 헥토르가 나에게 덤벼들었다 해도 난 그들 모두를 죽였을 것이다. 그러나 아폴론과 잔혹한 운명이 나를 살해하고야 말았구나. 그러나 나 역시 그대 곁에 죽음이 가까이 서 있는 것을 볼 수 있다. 강력한 운명의 힘은 그대를 아킬레우스의 손에 죽게 할 것이다……."

죽음이 순식간에 그를 덮치자 파트로클로스의 사지가 축 늘어졌다. 그리고 그의 영혼은 하데스의 집으로 내달렸다.

그러나 헥토르는 머릿결 고운 테티스의 아들 아킬레우스가 자신의 창에 죽게 될 것이라며 큰소리쳤다.

제17권

메넬라오스의 빛나는 순간들

파트로클로스의 시신을 지킨 메넬라오스

금발의 지휘관, 메넬라오스는 파트로클로스가 트로이 인에게 쓰러지는 것을 보자 그의 시신 곁으로 다가갔다. 그리고 가까이 다가오려는 자는 모두 죽여버리겠다는 듯 창과 둥근 방패를 휘둘렀다. 파트로클로스의 건장한 몸에 치명적인 상처를 입힌 에우포르보스가 메넬라오스를 향해 비아냥거리듯 말했다.

"물러서라! 모든 트로이 인 중에서 가장 먼저 파트로클로스를 쓰러뜨린 사람이 바로 나다. 그러니 피투성이의 무구들은 내게 두고 가는 것이 좋을 것이다!"

그러나 메넬라오스는 불같이 화를 내며 오히려 죽음을 맞게 될 것이니 대항하지 말라고 소리쳤다. 그러자 에우포르보스가 메넬라오스의 둥근 방패를 창으로 찔렀다. 그러나 청동은 방패를 뚫지 못하고 끝이 구부러지고 말았다.

그러자 이번에는 메넬라오스가 제우스에게 기도를 올린 다음 뒤로 물러나는 에우포르보스의 목을 정확하게 찔렀다. 요란한 소리와 함께 에우포르보스가 쓰러졌다. 그리고 금빛, 은빛 머리띠로 촘촘하게 땋은 그의 머리카락이 피에 젖기 시작했다. 메넬라오스가 그의 갑옷을 벗겼으나 이를 저지하려는 트로이 전사는 한 명도 없었다.

그러나 이때 아폴론이 또다시 헥토르를 부추겨 메넬라오스에게 대항하도록 했다. 헥토르가 나타나자 메넬라오스는 침통한 마음이 되었다. 파트로클로스의 시신을 버리고 가자니 불명예스러운 일이 될 것 같고, 그렇다고 혼자서 헥토르에 맞설 자신은 없었기 때문이다. 마침내 메넬라오스가 용기를 잃어버린 사자처럼 파트로클로스의 시신 곁을 떠나며, 아이아스를 찾아 사방을 두리번거렸다.

헥토르는 파트로클로스의 갑옷들을 벗겨냈다. 그리고 시신은 잘라 트로이의 성으로 보내려 했다. 그렇게 되면 시신은 트로이 개들의 먹이가 될 것이었다.

그러나 탑처럼 커다란 방패를 들고 아이아스와 메넬라오스가 파트로클로스의 시신 앞을 막아섰다. 이에 헥토르가 잠시 뒤로 물러섰다. 그러자 힙폴로코스의 아들이며 리키아 인의 전사, 글라우코스가 헥토르를 노려보며 꾸짖었다.

"헥토르여, 당신의 명성은 빈껍데기였나요! 그대는 겁쟁이가 틀림없구려. 우리의 전우 사르페돈의 시신도 그리스 인에게 넘겨주더니 고결한 아이아스와도 맞서지 못하는군요. 아이아스가 그대보다 훨씬 강한 전사임이 틀림없군요."

글라우코스의 비난에 헥토르는 보란 듯이 달려나가 아킬레우스의 갑옷을 가져가던 트로이 병사들을 뒤쫓아가 세웠다. 그리고 자신의 갑옷을 벗고 아킬레우스의 불멸의 갑옷으로 갈아입었다.

이것을 바라보고 있던 제우스는 안타까운 듯 머리를 흔들었다.

"죽음이 가까이 다가온 줄을 모르고 있는 가련한 헥토르여. 내가 잠깐 동안 너에게 강력한 힘을 줄 것이지만 전쟁터에서 결코 돌아오지는 못할 것이다. 안드로마케(헥토르의 아내)가 아킬레우스의 갑옷을 너의 손에서 받아드는 일은 없을 것이다."

제우스에 의해 헥토르는 완벽한 갑옷으로 무장되었으며 아레스(전쟁의 신)가 무시무시한 힘으로 밀고 들어가자 헥토르의 마음은 싸우려는 열망과 투지로 가득 차게 되었다.

헥토르가 동맹군들에게 용기를 불어넣고 맹렬한 기세로 돌진하자 마침내 파트로클로스의 시신을 차지하려는 양편의 싸움은 더욱 팽팽해졌다.

한편 마음을 바꾼 제우스가 아테나를 내보내 그리스 인들을 전쟁터로 내몰게 했다. 선홍빛 구름으로 휘감은 아테나는 대열을 돌아다니며 전사들을 격려했다. 그녀가 제일 먼저 용기를 불어넣어 준 것은 메넬라오스였다. 메넬라오스가 모든 신들 중에서 아테나에게 먼저 기도했기 때문이다. 여신은 그에게 생기 넘치는 힘과 용수철처럼 튀어오를 수 있는 무릎을 주었다.

그러나 빛나는 청동으로 무장하고 달려가는 헥토르의 뒤로 제우스가 천둥과 번개를 내리자 이를 바라본 그리스 인들이 겁에 질려 도망치려고 했다. 그러자 그들 가운데에서 큰 아이아스가 말했다.

"아버지 제우스께서 트로이 인을 돕고 있다는 것을 모르는 바보는 없을 것이다. 저들이 던지는 무기는 제우스가 인도하기 때문에 어느 곳이든지 맞히지만 우리의 것은 헛되이 땅으로 떨어지고 있다. 아버지 제우스여! 안개 속에서 헤매는 우리의 전사들을 끌어내 주세요. 맑은 대기를 보내주시어 앞을 바라볼 수 있도록 해주세요!"

제우스는 아이아스의 기도와 눈물을 보고 마음이 아팠다. 그는 얼른 안개를 밀어내버리고 구름을 거두어냈다. 그러자 태양이 눈부시게 빛나며 전쟁터 전체가 환해졌다.

파트로클로스 시신 곁에는 메넬라오스와 두 아이아스 그리고 메리오네스가 남아 있었다. 두 아이아스가 헥토르와 트로이 인들과 싸우는 동안 메넬라오스와 메리오네스는 시신을 번쩍 들고 함선 쪽으로 내달렸다.

트로이 인들이 비명을 지르며 그들을 뒤쫓으려 했다. 그러나 두 아이아스가 버티고 막아서자 얼굴색이 하얗게 변하며 아무도 나서지 못했다.

두 사람이 파트로클로스의 시신을 함선으로 가져가는 동안 그들 뒤로 싸움은 거센 불길처럼 타올랐다.

제18권
아킬레우스의 방패

은족의 여신, 테티스의 염원

양편의 병사들이 거센 불길처럼 싸우는 것을 바라보던 아킬레우스는 차츰 침통한 마음이 되었다.

"어찌하여 수많은 그리스 병사들이 함선 쪽으로 달아나는 것일까? 어머니께서 뮈르미도네스 족 가운데 가장 뛰어난 자가 죽을 것이라고 예언하셨는데…… 파트로클로스가 죽은 것일까? 불길을 끄고 나면 바로 함선으로 돌아오라고 일렀거늘! 아, 이 고집스러운 친구가 죽은 것이 분명해!"

이때 전령 안틸로코스가 아킬레우스에게 다가와 뜨거운 눈물을 쉴 새 없이 흘리며 파트로클로스의 죽음을 알렸다. 그리고 그의 무구들이 헥토르의 손에 들어갔다고 했다.

검은 먹구름 같은 슬픔이 아킬레우스를 휘감았다. 아킬레우스는 손톱으로 땅바닥을 할퀴어 더러운 흙을 한 움큼 쥐고 자신의 머리에 흩뿌렸다. 아름다운 그의 얼굴이 흙으로 마구 더럽혀졌다. 그리고 그는 땅바닥으로 쓰러져 머리를 쥐어뜯었다.

아킬레우스가 격렬한 고통에 휩쓸려 몸을 감당하지 못하자 바닷속 깊은 곳에 있던 그녀의 어머니 테티스가 놀라 비명을 질렀다. 그러자 바다의 여신들이 그녀 주위에 몰려들었다. 테티스는 여신들을 향해 울부짖으며 마음속의 슬픔을 털어놓았다.

그녀는 자신의 사랑하는 아들이 결코 살아서 고향으로 돌아올 수 없으리라는 것을 잘 알고 있었다. 또한 아들이 살아 있는 동안 고통을 당해도 도와줄 수 없다는 것을 알지만 아들의 마음을 아프게 하는 슬픔이 무엇인지를 들어보기 위해 아들에게 가보겠다고 말했다.

테티스가 그녀의 동굴을 떠나자 다른 여신들도 그녀의 뒤를 따랐다. 그녀들은 뮈르미도네스 족의 함선이 있는 바닷가에 이르러 아킬레우스가 있는 곳으로 갔다.

테티스는 울고 있는 아들의 머리를 껴안으며 물었다.

파트로클로스의 시신을 바라보는 아킬레우스 | 지오반니 안토니오 펠레그리니

자신을 대신해 전투에 나간 파트로클로스의 시신을 바라보며 슬퍼하는 아킬레우스.

"아들아, 왜 슬퍼하고 있는 것이냐? 넌 전에 그리스의 아들들이 함선에 갇혀 너를 간절히 원하게 해달라고 기도하지 않았느냐? 그리고 지금 제우스께서 너의 기도를 들어주지 않았느냐!"

무적의 전사, 아킬레우스가 신음하듯이 대답했다.

"아 어머니! 당신 말이 맞습니다. 하지만 가장 아끼는 친구가 죽었으니 그것이 무슨 소용이 있겠습니까? 헥토르가 그를 죽이고 신들이 아버지 펠레우스에게 준 고귀한 선물인, 나의 갑옷을 가져가 버렸답니다. 제 마음은 제가 살아 있는 것을 허락하지 않습니다. 파트로클로스를 쓰러뜨린 피의 대가로 내 창에 헥토르가 쓰러지기 전까지는 말입니다."

아킬레우스는 불같이 화를 내며 절규했다.

"지금, 당장 나도 죽고 싶어요. 사랑하는 동료를 죽음에서 구하지도 못한 나란 말입니다. 파트로클로스는 내가 도와주기를 간절히 바랐을 터인데 나는 그를 구하지 못했습니다. 또한 막강한 헥토르의 손에 죽어간 수많은 동료들이 죽어가는데도 함선 옆에 그저 앉아서 아가멤논에 대해 노여워하고 있었습니다. 그러나 이제 지난 일은 잊어버리고 헥토르와 싸우러 나가겠습니다."

그러자 테티스는 눈물을 흘리며, 헥토르가 죽으면 그 다음은 아킬레우스가 죽을 운명이라고 말했다.

아킬레우스는 비록 자신이 죽을 운명이라 할지라도 이 순간부터는 고귀한 명성을 얻기 위해 싸울 것이니 자기를 말리지 말라고 부탁했다.

빛나는 은족의 여신, 테티스는 불의 신 헤파이스토스에게 가서 갑옷을 만들어가지고 올 테니 그때까지만이라도 기다리라고 간청했다.

테티스가 헤파이스토스를 찾아가기 위해 올림포스 산으로 올라가는 동안 그리스 인들은 처절한 비명을 지르며 함선 쪽으로 쫓겨갔다. 그들은 파트로클로스의 시신을 트로이 인의 화살과 창이 닿지 않는 곳으로 끌고 가려고 애를 썼다. 그러나 활활 타오르는 불길 같은 투지로 쫓아오는 헥토르에게 세 번이나 빼앗길 뻔했으며 그때마다 두 아이아스가 헥토르를 물리쳤다.

이때 헥토르가 파트로클로스의 시신을 가져가 불멸의 명성을 얻게 되었지도 모를 일이었다. 그러나 바람처럼 빠른 이리스가 제우스와 그 외 신들이 눈치채지 못하게 헤라의 전갈을 아킬레우스에게 전했다.

"펠레우스의 아들이여 일어나라! 트로이 인들이 파트로클로스의 시신을 가져가려고 하니 가서 구하여라."

그러자 아킬레우스는 어머니께서 무구들을 가져오기 전에는 절대 싸움터로 나가지 말라고 했는데 어찌하면 좋겠느냐고 물었다. 그러자 이리스가 대답했다.

"트로이 인들은 그대의 모습만 보아도 겁을 내고 싸움터에서 물러날 것이요. 그동안 지칠 대로 지친 그리스 전사들이 시간을 벌 수 있지 않겠는가?"

제우스가 아끼는 전사, 아킬레우스가 마침내 일어섰다. 아테나가 그의 어깨에 화려한 술이 달린 무시무시한 방패를 걸쳐주었다. 그리고 머리는 황금 구름으로 감싸 활활 타오르는 불길이 들판을 가로질러 퍼져나가게 했다.

전쟁터에서 울리는 트럼펫 소리처럼 아킬레우스의 함성이 울려 퍼지자 트로이 전사들은 무시무시한 혼란 속으로 빠져들었다. 죽음을 감지한 말들과 아킬레우스의 머리에서 뿜어져 나오는 냉혹하고 무서운 불길을 본 마부들은 숨이 멎는 듯한 두려움에 전차를 돌려 도망가기 시작했다.

그동안 그리스 인들은 파트로클로스의 시신을 가져왔다. 사랑하는 전우들이 통곡을 하며 그의 주위를 둘러쌌다. 아킬레우스도 무서운 청동 칼에 난자되어 들것에 누워 있는 친구를 보며 뜨거운 눈물을 흘렸다.

그리스 인들은 밤새도록 파트로클로스를 위해 애도의 눈물을 흘렸다. 아킬레우스는 친구의 가슴에 손을 얹고 통곡을 하며 말했다.

"파트로클로스여, 이제 그대의 뒤를 따라 나도 지하 세계로 내려갈 것이다. 그러나 나의 가장 고결한 친구 그대를 죽인 헥토르의 목과 갑옷을 가져오기 전까지 내 함선 옆에 그대로 누워 있게 할 것이다."

이렇게 말하고 아킬레우스는 큰 세발솥에 물을 끓이게 했다. 그것은 파트로클로스의 상처에서 흘러나오는 피를 닦아내기 위한 것이었다.

아킬레우스의 병사들은 파트로클로스의 몸을 씻어내고 올리브 기름을 바른 다음 상처를 누그러뜨리는 약을 발랐다. 그리고 머리부터 발끝까지를 하얀 린넨 천으로 감쌌다.

헤파이스토스가 만든 아킬레우스의 갑옷

한편 빛나는 발을 가진 테티스는 헤파이스토스의 집에 닿았다. 그것은 모든 신들 중에서 가장 훌륭한, 별처럼 빛나는 불멸의 청동 궁전이었다. 절름발이인 그가 직접 지은 것이다.

테티스는 풀무질을 하면서 땀을 뻘뻘 흘리고 있는 헤파이스토스를 발견했다. 그는 궁전 벽에 걸어둘 20개의 세발솥을 만들고 있었다. 세발솥에는 황금 바퀴를 달아두었으므로 그것들은 저절로 신들의 회의장으로 달려갔다가 다시 집으로 돌아오게 되어 있는 놀라운 것들이었다. 그러나 아직 완성되지는 않았다. 손잡이가 달려 있지 않아서 이제 막 못질을 하여 붙이는 중이었다.

테티스가 일에 열중하고 있는 대장장이 헤파이스토스에게 가까이 다가가고 있을 때 그의 사랑스러운 부인 카리스가 그녀를 먼저 알아보았다.

카리스는 그녀의 손을 잡고 이름을 불렀다.

"가장 사랑하는 고결한 친구여, 어쩐 일로 저희 집에 오셨나요? 그동안 만날 수 없었는데, 어서 안으로 들어오세요."

여신 카리스는 상냥하게 테티스를 안으로 인도하고 은으로 장식한 멋진 의자에 앉혔다. 그리고 소문이 자자한 대장장이를 불렀다.

"헤파이스토스 님, 나와보세요! 테티스가 당신께 부탁할 것이 있다는군요."

절름발이 대장장이가 반기는 기색으로 소리쳤다.

"테티스가 이곳에? 고결한 여신께서 우리 집에 오시다니. 그녀는 내 생명을 구해주신 분이야. 절름발이인 나를 내 어머니는 숨기고 싶어하셨지. 사악한 어머니에 의해 헤어나올 수 없는 고통 속으로 추락한 나를 테티스와 함께 오케아노스[1]의 딸 에우뤼노메가 그녀의 가슴으로 안아주지 않았다면 난 끔찍한 고통을 겪었을 거야! 난 9년 동안 그녀들 곁에 있었지. 아무도 없는 동굴에서 청동으로 브로치, 핀, 목걸이, 팔찌를 만들었어. 그동안 내 옆으로 오케아노스 강이 끊임없이 소용돌이치며 흐르는 소리를 들었지. 내가 어디에 있는지 신들도 인간들도 아무도 몰랐으며 오직 나를 구해준 테티스와 에우뤼노메만 알고 있었지. 그런데 지금 테티스가 우리 집에 있다니! 그녀에게 반드시 보답을 해야 해! 내 풀무와 연장을 갖다 두고 올 테니 그녀를 위해 성대한 음식을 준비해요."

헤파이스토스는 거대한 몸집을 모루에서 일으켜 세웠다. 그는 짧아진 다리를 민첩하게 움직였다.

그는 바닷물로 얼굴과 손을 닦고 옷을 갈아입고 단단한 지팡이

---

1) 제우스 시대 이전의 우주를 지배하던 티탄 족, 우라노스와 가이아 사이에서 태어난 신. 대지를 둘러싸고 있는 강의 신을 말한다.

를 쥐고 절뚝거리며 걸어나왔다. 테티스 곁으로 가까이 간 헤파이스토스는 화려한 의자에 앉았다. 그리고 그녀의 손을 움켜잡으며 이름을 불렀다.

"테티스여, 당신의 마음을 얘기해보세요. 내가 할 수 있다면 기꺼이 해드리겠습니다."

테티스는 눈물을 터뜨렸으나 목소리는 또렷하게 말했다.

"오, 헤파이스토스여, 올림포스에 있는 신들 중에서 나보다 더 슬픈 이는 아마 없을 것입니다. 제우스는 다른 누구보다 내게 가장 커다란 아픔을 주었어요. 모든 바다의 딸 중에서 유일하게 나를 인간 아이아코스의 아들 펠레우스의 침대로 보냈어요. 내 의지와는 전혀 상관없이 말이죠. 이제 그이는 나이가 들어 누워 있으며 내게 더 지독한 슬픔이 생겼어요. 제우스가 내게 눈부시게 뛰어난 아들을 주었어요. 나는 그 애를 부리처럼 하얀 배에 실어 트로이의 전쟁터로 보냈답니다. 그러나 나는 결코 고향으로 돌아오는 그 애를 만날 수 없답니다. 또한 태양 아래 살아 있는 동안 그 애가 고통을 당해도 도와줄 수가 없답니다. 그리스 전사들이 영광의 선물로 그 애에게 준 처녀를 아가멤논이 빼앗아 갔답니다. 그래서 아들은 슬픔으로 고통당하고 있어요. 그때 트로이 전사들이 그리스 전사들을 함선 후미에 가두어 꼼짝 못하게 했어요. 이에 그리스 인들이 내 아들에게 도움을 청했으나 아들은 거절했어요. 그리고는 파트로클로스에게 자신의 갑옷을 입혀 전쟁터로 내보냈지요. 그들은 하루 종일 스카이아이 성문에서 싸웠고 바로 도시를 함락시킬 수 있었지요. 그러나 아폴론이 메노이티오스의 용감한 아들(파트로클로스)을 죽이고 전사들 중에서 헥토르에게 영광을 내렸어요. 그래서 지금 내가 당신의 무릎을 잡고 간청을 드리는 겁니다. 내 아들 — 오래 살지 못할 — 을 도와주세요! 내 아들을 위해 창과 투구와 발목 보호대와 방패를 만들어주세요. 그 애의 것은 트로이 인들이 강직한 그 애의 친구를 죽일 때 잃어버렸어요. 그 애는 지금 마음이 아파 땅바닥 위에 쓰러져 울고 있답니다."

절름발이 대장장이 신이 대답했다.

"용기를 내요! 당신의 마음을 온통 헤집고 있는 갑옷이라면 걱정도 하지 마시오. 갑옷만큼은 세상 어떤 사람이 보아도 놀랄 만큼 화려하고 훌륭하게 만들 수 있어요. 갑옷을 잘 만들 수 있는 능력처럼, 잔인한 운명이 아킬레우스에게 닥치는 날 고통과 죽음으로부터 그 애를 확실하게 숨길 수만 있다면 얼마나 좋을까요!"

그렇게 말하고 헤파이스토스는 테티스를 남겨둔 채 풀무가 있는 곳으로 가 그것을 불 쪽으로 돌려놓았다. 그리고 명령하듯이 말했다. "일을 시작하자, 일을!"

20개의 풀무가 용광로 아래쪽으로 여러 강도의 바람을 불어넣었다. 신이 작업을 서두르자 힘겨운 작업을 해낼 거센 불길이 피어올랐다. 불길은 급하게 피어오르다가 때때로 느슨해졌다.

헤파이스토스는 단단하고 영원히 변형되지 않을 것 같은 청동을 불길 속으로 던져 넣었다. 또한 주석도 넣고 아주 값비싼 금과 은도 넣었다. 그리고 받침대 위에 묵직한 모루를 얹고 한 손에는 망치를 그리고 다른 손에는 부젓가락을 들었다.

제일 먼저 크고 단단한 방패를 만들기 시작했다. 표면에는 훌륭한 상징들을 문장으로 새겨 넣고 가장자리에는 반짝이는 세 겹의 테를 둘렀으며 은빛 벨트를 매달았다. 다섯 겹의 청동으로 만들어진 방패 속에는 노련하고 숙련된 솜씨를 최대한 발휘하여 아름답고 영원히 사라지지 않을 세상을 구현했다.

헤파이스토스는 그곳에 하늘과 대지, 바다, 영원히 빛나는 태양과 만월, 그리고 밤하늘을 장식하는 수많은 별자리를 새겨 넣었다. 또한 죽어야 할 운명인 인간들이 사는 고귀한 두 도시도 조각해 넣었다.

하나의 도시에는 결혼식과 피로연이 열리고 있었다. 그들은 화려한 햇불을 들고 여인들의 방에서부터 신부를 데리고 나와 그녀를 앞장세우고 거리를 행진했다. 결혼식을 위한 합창이 높게 울려 퍼졌으며 플루트와 하프 소리에 맞추어 젊은이들이 원을 그리며 춤을 추었다.

문 쪽으로 달려나온 여인들이 황홀한 듯 그들을 바라보았다. 그리고 많은 사람들이 모여 있는 장터에는 두 사람이 언쟁을 벌이며 재판관에게 판결을 호소했다. 사람들은 두 편으로 나뉘어 자신의 편을 향해 환호를 했다.

도시의 원로들은 잘 닦인 대리석 의자에 앉아 있었다. 의자는 원형으로 놓여 있었으며 그들 뒤에는 전령들이 서 있었다. 우렁찬 목소리의 전령의 손에는 홀이 쥐어져 있었다.

원로들은 돌아가면서 자신의 자리에서 후다닥 일어나 의견을 표시했다. 그들 앞에 있는 땅 위에는 가장 올바른 판결을 내린 사람에게 상으로 줄 두 개의 금덩어리가 놓여 있었다.

그러나 또 다른 도시에는 두 개로 나뉜 군대가 무기를 들고 진을 치고 있었다. 그들은 두 가지 계획을 가지고 있었다. 도시를 약탈하고 그곳의 재물을 나누어 갖는 것이었다. 그러나 도시의 사람들은 전혀 항복할 의사가 없었다. 그들은 포위를 깨뜨리기 위한 급습을 위해 무장을 했다. 사랑스러운 부인들과 천진한 아이들은 성벽 위에 서서 파수를 보았다. 그들 곁에는 나이 든 노인들도 있었다.

한편 남자들은 전쟁을 하러 나갔으며 아레스와 아테나 여신이 그들을 이끌었다. 황금빛의 갑옷으로 차려입은 두 여신은 장엄하고 화려했으며 병사들 위에 우뚝 서서 내뿜는 그들의 광휘로 더욱 거대하게 보였다.

그들은 공격하기에 아주 적합한 지점에 이르렀다. 그곳은 가축들이 모여서 물을 마시는 곳이었다. 대열에서 2명의 정찰병을 경계지역으로 보내 정탐을 하고 적들이 몰고 오는 가축 떼와 소 떼가 보일 때까지 기다렸다. 마침내 적의 행렬이 도착했으며 매복이 있으리라고는 상상도 못한 두 명의 양치기가 피리를 불며 뒤따르고 있었다.

기다리고 있던 병사들이 이들에게 달려들어 암소 떼와 반짝이는 은회색 털의 양 떼들을 약탈하고 양치기들은 죽여버렸다. 가축 떼들로부터 떠들썩한 소리가 터져나오자 포위자들은 서둘러 회의를 소집하고 즉시 말을 타고 달려나갔다. 그리고 그곳에 도착하자 공격을 위해 대열을 정비했다.

양편의 군사들은 강둑을 따라 맞서 싸웠다. 그들은 서로에게 청동 날이 박힌 창을 휘둘렀다. 약탈과 파괴가 자행되었고 잔혹한 죽음의 여신이 상처 입은 자들은 살아 있는 채로 사로잡아갔으며 상처 입지 않는 자들도 마치 죽은 사람처럼 도살장으로 끌어들였다. 그리하여 여신의 등은 죽은 자의 피로 붉게 물들었다.

또한 세모작을 하는 기름진 밭도 새겨져 있었다. 한 떼의 농부들이 앞뒤로 밭을 갈고 있었으며 그들이 밭의 경계점에 이르러 다시 뒤돌아서려는 순간, 한 남자가 잽싸게 뛰어나와 그들의 손에 달콤한 포도주 잔을 건넸다. 그러면 농부는 밭고랑을 따라 뒤돌아서서 저쪽 먼 밭의 끝을 향해 다시 재촉해갔다. 대지는 농부들 뒤로 검게 휘저어져 있었다.

황금으로 만들어진 대지가 마치 진짜처럼 보이는 것은, 바로 헤파이스토스의 놀라운 솜씨 때문이었다.

왕의 소유지도 새겨 넣었는데 그곳에는 예리하게 간 낫을 휘두르며 추수를 하는 농부들이 있었다. 농부들이 곡식 자루를 쓰러뜨려 열을 맞추어 늘어놓으면 다른 사람들이 새끼줄로 둥글게 단을 묶었다. 그들 곁에서 단을 묶는 것을 바라보던 소년들은 잘라 놓은 곡식을 한아름 안아서 단을 묶는 사람들에게 계속 날라 주었다.

그들 한가운데 왕이 홀을 들고 서 있었다. 그는 수확물이 열지어 놓여 있는 밭도랑 끝에 흐뭇한 표정으로 조용하게 서 있었다. 그리고 저쪽 참나무 숲 아래쪽에서는 전령들이 추수를 감사하는 축제를 준비하고 있었다. 그들은 약탈해 온 황소를 제물로 바칠 준비를 했으며 한편에서는 시중드는 여인들이 수확자들에게 먹일 점심으로 보리를 한 움큼씩 흩뿌리며 왔다갔다 했다.

또한 포도송이가 가득한 포도밭도 새겨져 있었다. 금으로 새겨진 포도송이는 진보랏빛으로 익어가는 중이며 포도덩굴은 은빛 덩굴대를 따라 올라가고 있었다. 그리고 밭 주위로는 검푸른 유약으로 해치를 만들어 넣고 담장도 둘러쳐져 있었다.

포도밭으로 들어가는 길은 오직 한 길로 수확자들은 이 길을 따라 들어갔다. 그들이 포도를 채취하는 동안 순결함으로 충만한 소년소녀들이 바구니에 향기로운 과일을 담아 날랐다. 그들 중에서 한 소년이 열망으로 끓어오르는 마음을 깨뜨리듯 리라를 청아하게 불어댔다.

그가 노래하는 것은 저물어가는 해를 슬퍼하는 것이었다. 아주 사랑스럽고 섬세한 목소리가 울려나왔으며 노랫소리가 나지막해지면 나머지 사람들이 따라 불렀다. 그리고 모두 함께 소리쳐 노래 부르며 박자에 맞추어 춤을 추었다.

또한 헤파이스토스는 황금 또는 주석으로 소 떼를 새겨 넣었다. 농가에서 우르르 몰려나온 소 떼들이 잔물결치는 시냇가와 풀밭에 흩어져 있었으며 그들에게 달려들고 있는 사자도 있었다.

이 외에 절름발이인 이 신이 아주 아름답게 새겨 놓은 무도회장이 있었다. 그것은 다이달로스가 크노소스 궁전의 넓은 들판에 유난히 머리카락이 아름다운 처녀 아드리아네를 위해 만들어준 바로 그것이었다. 값비싼 황소를 선물하며 청혼을 받는 여자와 남자들이 함께 춤을 추었다.

여자들은 길게 늘어뜨린 린넨 옷을 입고 아름다운 화관을 쓰고 있었으며 남자들은 곱게 짠 겉옷을 입고 반들반들하게 윤을 낸 은빛 벨트에 황금칼을 차고 있었다.

그들은 마치 도공의 손 아래에서 돌아가는 물레처럼 아주 숙련된 발걸음으로 둥글게 원을 그렸다. 수많은 군중들이 그들 주위에 둘러서서 즐겁게 바라보고 있었으며 한가운데에는 한 쌍의 곡예사가 춤을 리드하면서 여러 가지 곡예를 선보였다.

헤파이스토스는 방패의 맨 바깥쪽 테두리에 강력한 힘을 내뿜고 있는 대양을 새겨 넣으며 튼튼한 방패를 만드는 일은 끝을 냈다. 그 다음에는 아킬레우스를 위해 번뜩거리는 불빛보다 더 밝은 가슴받이를 만들었다. 그리고 전사의 관자놀이에 딱 맞는 아름다운 투구도 만들고 금빛 술을 달았으며 무릎보호대는 유연한 주석으로 만들었다.

모든 무구들을 다 만들고 나자 그 유명한 절름발이 대장장이는 그것들을 아킬레우스의 어머니 테티스의 발 아래에 내려놓았다. 그러자 그녀는 신의 가장 훌륭한 선물인, 빛나는 무구들을 들고 눈 덮인 올림포스 산에서 매처럼 달려 섬광이 지나가듯 뛰어내렸다.

제19권

전투를 준비하는 전사

　황금빛 옷을 걸친 새벽의 여신이 영원불멸의 신들과 인간들에게 빛을 가져다 주기 위해 오케아노스 강에서 솟아오를 즈음 테티스는 헤파이스토스의 선물을 들고 쏜살같이 달려 그리스 함선이 있는 곳으로 갔다.

　그녀는 파트로클로스의 시체를 껴안은 채 서럽게 울고 있는 아킬레우스 앞에 헤파이스토스가 만들어 준 무구들을 내려놓았다. 아름다운 무구들이 부딪치며 저마다 무시무시한 소리를 내자 뮈르미도네스 족 병사들 사이로 두려움이 퍼져나갔다. 그들은 감히 무구들을 똑바로 바라보지도 못하고 벌벌 떨었다.

그러나 아킬레우스만은 그렇지 않았다. 그것들을 응시하면 할수록 아킬레우스의 분노는 더욱 깊어져 갔으며 두 눈빛은 더욱 빛났다. 신이 내린 빛나는 선물을 손에 넣은 아킬레우스는 무구들의 아름다움에 전율을 느끼며 어머니를 향해 말을 쏟아냈다.

"어머니, 이 무구들은 오직 영원불멸의 신들만이 만들어낼 수 있는 것이군요. 지상의 인간들은 결코 이렇게 만들 수 없을 거예요. 이제 저는 이것으로 무장을 하고 전쟁터로 갈 것입니다. 그런데 내가 전쟁을 하는 동안 메노이티오스의 용감한 아들(파트로클로스)의 상처에 벌레들이 들끓고 부패하여 — 비록 그의 삶은 다했지만 — 그의 시신이 모욕당할 것을 생각하면 두려워요."

그러자 테티스는 시신이 부패하지 않도록 돌볼 것이니 그런 걱정은 하지 말라고 아들을 위로했다. 그리고 파트로클로스의 콧구멍에 신선한 암브로시아와 붉은 넥타르를 부어 시신이 그대로 유지되게 했다.

그제서야 아킬레우스는 커다란 함성을 지르며 그리스 병사들을 일으켜 세웠다. 아킬레우스가 전쟁터에 나타나자 모두들 모여들었다. 아레스의 시종들과, 오디세우스 옆에서 싸우던 용맹한 튀데우스, 오디세우스까지 절룩거리며 걸어나왔다. 그들은 여전히 상처로 고통받고 있었다. 그리고 인간들의 왕, 아가멤논까지 그들과 합세했다.

병사들이 모여들자 아킬레우스가 일어나 외쳤다.

"아가멤논이여, 당신과 내가 한 여자 때문에 노여워했습니다. 아르테미스 여신이 그녀를 화살로 쏘아 죽여버렸으면 좋았을 것을…… 그로 인해 얼마나 많은 그리스 병사들이 넓은 대지에 쓰러져갔습니까! 이제 노여움을 거두고 병사들을 싸움터로 내보냅시다. 나는 트로이 진영으로 가서 그들이 정말로 용감한 것인지 도전해볼 것입니다. 장담하지만 내 창을 벗어나려고 하는 놈은 누구든지 무릎을 구부리지 않으면 안될 것입니다."

그리스 병사들은 아킬레우스가 노여움을 거두어들인 것에 대해 기쁨의 환성을 질렀다. 그러자 아가멤논이 돌아서서 그들에게 답하며 외쳤다.

"용맹한 다나오스의 전우들이여, 아레스의 용사들이여…… 아킬레우스에게 내 의중을 말하려고 하니 그대들도 잘 들어주시오. 그리스 군대 전체가 나를 비난하고 있소. 그러나 그것은 전적으로 나의 책임은 아니오. 제우스와 운명의 신, 그리고 분노의 여신이 내 마음속에 분노의 광기를 불어넣었기 때문이오. 신이 모든 것을 조정하시는데, 인간인 내가 무엇을 할 수 있단 말이오? 그러니 이제라도 모든 것을 올바르게 돌려놓을 것이오. 화해의 대가로 막대한 금은보화를 내놓겠소. 아킬레우스여, 싸움터로 나가라. 그러면 그대에게 약속한 선물들을 반드시 줄 것이다."

그러나 아킬레우스는 선물 따위는 관심도 없다고 말하며 한시라도 빨리 트로이 인들을 응징하는 것을 보여주고 싶을 뿐이라고 했다. 이에 오디세우스가 나서서 서두르지 말라고 했다. 그는 병사들이 허기진 상태에서 트로이 인들과 싸울 수 없음을 환기시키면서 아가멤논에게 병사들을 위해 연회를 베풀어야 한다고 충고했다.

아가멤논은 전령에게 제우스와 태양신에게 바칠 야생 멧돼지를 준비하라고 일렀다. 그러나 아킬레우스는 헥토르에게 쓰러진 전우들을 생각하면 가슴속의 분노로 아무것도 먹고 싶지 않은 심정이라고 말했다. 복수를 하기 전에는 어떤 음식도 목구멍으로 넘어가지 않을 것이라고 했다.

그러나 침착한 전략가, 오디세우스는 아킬레우스를 진정시키며 말했다.

"아킬레우스여, 마음을 진정하고 내 말을 들으시오. 아무것도 먹지 않고 죽은 이를 애도하는 것은 하루면 충분하오. 끔찍한 전쟁에서 살아남은 이들은 일단 먹고 마셔야 하오. 청동 갑옷을 입고 쉴새 없이 힘차게 싸우기 위해서요."

오디세우스는 이렇게 말하고 아가멤논의 막사로 들어가서 아킬레우스에게 약속한 선물들을 챙겼다. 그들은 일곱 개의 세발솥과 번쩍번쩍 윤이 나는 스무 개의 가마솥 그리고 말 열두 필을 준비했다. 그리고 옷감을 짜는 일곱 명의 여인들과 브리세이스를 데리고 아킬레우스에게로 향했다.

황금의 아프로디테와도 같은 브리세이스는 아킬레우스의 막사에 눕혀져 있는 파트로클로스를 보자 쓰러져 목놓아 슬퍼했다. 그러자 같이 따라온 여인들도 함께 울었다.

한편 그리스 군의 원로들이 아킬레우스 주위로 모여들었다. 그들은 그에게 음식을 먹어야 한다고 간청을 했다. 그러나 아킬레우스는 너무나 엄청난 슬픔 때문에 아무것도 먹을 수 없으니 제발 음식을 권하지 말라고 부탁했다.

슬퍼하는 아킬레우스를 바라보던 제우스는 그가 가련하게 생각되었다. 그래서 아테나에게 말했다.

"사랑하는 전우의 죽음 때문에 슬퍼하며 아무것도 먹지 않고 있는 아킬레우스가 보이지 않느냐? 어서 달려가서 그의 가슴에 넥타르와 향기로운 암브로시아를 넣어주어라."

아테나는 기다렸다는 듯이 매처럼 단숨에 달려나가 무장을 하고 있는 아킬레우스의 가슴에 신들의 음료들을 넣어주고 올림포스의 궁전으로 돌아갔다.

마침내 창과 방패, 투구와 가슴받이로 무장한 군사들이 함선에서 쏟아져 나왔다. 그들 한가운데에 고결한 아킬레우스가 무장을 하고 있었다. 헤파이스토스가 그를 위해 만들어준 무구들을 걸치자 아름답게 잘 만들어진 방패에서 쏟아져 나오는 광채가 하늘에 닿았고 투구의 장식들이 별처럼 반짝였다.

아킬레우스는 갑옷들이 자신의 몸에 잘 맞는지 시험해보았다. 그리고 아버지의 창을 빼어 들었다. 거대하고 무겁고 단단한 그 창은 아킬레우스 외에는 어느 그리스 병사도 휘두를 수 없는 것이었다.

아우토메돈이 말을 전차에 매달았다. 그리고 반짝반짝 빛나는 채찍을 휘어잡고 자신의 병사들을 뒤로 한 채 전차에 뛰어올랐다. 아킬레우스가 그 뒤를 따라 전차에 오르고 전투할 태세로 투구를 바로잡았다. 그리고 아버지의 말들인 민첩한 준마들을 향해 소리 질렀다.

"이번에는 더욱 힘차게 달려야 한다! 파트로클로스의 시신을 전쟁터에 그대로 내버려 두고 온 것처럼, 이 아킬레우스를 그곳에 두고 오는 일은 결단코 없어야 한다!"

그러자 흰팔의 여신, 헤라의 음성이 말의 입을 통해서 흘러나왔다.

"오, 이번에는 반드시 당신의 생명을 안전하게 지킬 것입니다. 그러나 죽음의 시간이 가까이 오고 있습니다. 그것은 위대한 신과 강력한 운명의 힘입니다."

그러나 아킬레우스는 자신이 이곳에서 죽을 운명이라 할지라도 트로이 인들을 핏빛 전쟁터로 몰고 갈 것이라고 외치며 병사들을 이끌고 달려나갔다.

제20권

전쟁, 그리고 올림포스의 신들

싸우려는 열망으로 가득 찬 아킬레우스 주위로 그리스 병사들이 모여드는 동안 맞은편 언덕에는 트로이 병사들이 전열을 갖추고 있었다.

바로 그 시간, 올림포스 산꼭대기에는 제우스의 부름을 받은 모든 신들이 모여들고 있었다. 대지를 흔드는 신도 바다에서 나와 그들 대열에 합류하여 한가운데 자리를 잡았다. 그리고 제우스의 의도를 탐문했다.

그러자 제우스가 대답했다.

"포세이돈, 넌 내 마음의 의중을 짐작하리라 생각한다. 인간들의 죽음은 모두가 바로 내 일이다. 그래서 난 이곳 올림포스에서 저들의 싸움을 혼자 즐길 터이니 그대들은 전부 그리스나 트로이로 달려가 마음 내키는 곳을 돕도록 해라."

그러자 신들은 양편으로 나뉘어 달려갔다. 헤라와 아테나, 포세이돈 그리고 행운의 전령사 헤르메스는 그리스 함선이 있는 곳으로 달려갔다. 대장간의 신 헤파이스토스도 절름발이 다리를 절뚝거리며 이들과 같이 달려갔다. 한편 아레스, 아폴론, 활의 여신 아르테미스, 레토, 크산토스, 아프로디테는 트로이로 달려갔다.

신들은 그리스와 트로이 병사들이 서로 싸우도록 부추기면서 자신들도 서로 치열하게 싸웠다. 인간과 신들의 아버지, 제우스는 무시무시한 천둥을 내보냈으며 포세이돈이 바다 밑을 뒤흔들어 무한 대지와 높다란 산꼭대기들이 진동을 했다.

이렇게 신들과 신들이 맞서는 동안 아킬레우스는 헥토르와 대적하고 싶어 했다. 그러나 제우스의 아들 아폴론이 아이네이아스를 격려하며 아킬레우스와 맞서야 한다고 외쳤다.

"그대는 제우스의 딸, 아프로디테에게서 태어났다. 아킬레우스는 지체가 훨씬 낮은 여신, 테티스와 바다 노인의 아들일 뿐이다. 그러니 단단한 청동 무기를 들고 나가 아킬레우스와 맞서거라. 그리고 어떠한 순간이 오더라도 뒤돌아서지 말아야 한다."

아이네이아스는 청동으로 빛나는 투구를 쓰고 똑바로 나아갔다.

이를 바라보고 있던 헤라 여신은 재빨리 포세이돈과 아테나를 불렀다. 그리고 그들에게 아킬레우스에게 가서 용기와 힘을 주고 신들이 그의 곁에 있다는 것을 알려주라고 했다.

마침내 양군에서 가장 용감한 전사, 아이네이아스와 아킬레우스가 마주쳤다. 아이네이아스가 먼저 가슴에 방패를 두르고 청동 창을 휘둘렀다. 이에 아킬레우스도 마주 달려가니 마치 눈에 불을 켜고 달려가는 사자 같았다. 두 사람이 가까워지자 아킬레우스가 소리쳤다.

"아이네이아스여, 그대는 어찌하여 나와 싸우려는 것이냐? 프리아모스의 왕권을 물려받기 위해서인가? 하지만 왕에게는 아들도 많고 아직 노쇠하지 않았으니 그대에게 왕권을 넘겨주지는 않을 것이다. 그러니 나와 맞설 생각은 포기하고 너의 병사들의 대열 속으로 돌아가라!"

그러나 아이네이아스는 숨을 깊게 몰아쉬며 트로이의 왕가가 제우스의 후손임을 장황하게 설명했다. 그리고 자신은 그러한 가문의 혈통을 물려받았음을 자랑스러워하기 때문에 청동 창으로 겨루어 보기 전에는 결코 돌아가는 일은 없을 것이라고 외쳤다.

아이네이아스가 긴 그림자를 만들며 무시무시한 창을 내던지자 아킬레우스도 놀라 방패를 내밀었다. 그러나 창은 신이 내린 선물인 방패를 뚫지 못했다. 절름발이 신이 다섯 겹으로 붙여 놓았기 때문이다. 제일 바깥쪽이 두 겹의 청동이며 그 안쪽의 두 겹은 주석이며 물푸레나무 창이 뚫지 못한 곳은 황금으로 되어 있었다.

다음에는 아킬레우스가 긴 창을 던졌다. 창은 아이네이아스의 방패를 찢고 날아가 등 뒤에 꽂혔다. 이때 영혼불멸의 신들 사이에서 아킬레우스의 손에 죽게 될 아이네이아스의 운명을 알고 있던 포세이돈이 나섰다.

그는 아폴론이 아이네이아스를 도와주지 못할 것이라고 생각했다. 그러나 아킬레우스에 의해 아이네이아스가 죽게 되면 제우스가 노여워할 것이 뻔하므로 일단 그를 죽음에서 구해야 한다고 말했다. 이에 헤라는 자신과 아테나는 모든 신들 앞에서 트로이 인들을 도와주지 않겠다고 맹세했다고 말하며 포세이돈이 아이네이아스를 도와주든지 말든지 그것은 상관할 바가 아니라고 했다.

이 말을 듣자마자 포세이돈은 싸움터로 달려갔다. 그리고 아킬레우스의 눈앞에 재빨리 안개를 뿌린 다음 아이네이아스를 들어올려 싸움터 바깥으로 내던지며 말했다.

"아이네이아스여, 하데스의 집으로 들어가지 않으려면 아킬레우스와 맞서지 말고 물러서야 한다. 그러나 아킬레우스가 죽음의 운명을 맞는 순간에는 대열 맨 앞에서 싸워도 된다. 너를 죽일 수 있는 그리스 병사는 아무도 없을 테니."

이렇게 말하고 포세이돈은 아킬레우스 눈앞에 있는 안개를 걷어 냈다. 아킬레우스는 눈을 휘둥그렇게 뜨며 말했다.

"믿을 수가 없구나! 내 눈앞에서 기적이 일어나다니! 내가 던진 창이 여기에 있는데, 내가 죽이려고 했던 아이네이아스는 볼 수가 없으니……. 영원불멸의 신들이 그를 아끼고 있음이 분명하구나. 그렇다면 이젠 나와 맞설 다른 트로이 인들을 만나러 갈 수밖에 없다."

아킬레우스는 전사들의 대열 속으로 달려갔다. 그리고 트로이 인들을 향해 달려갈 것이니 용기를 내어 자신의 뒤를 따르라고 외쳤다.

한편 영광스러운 헥토르도 아킬레우스와 맞서리라 생각하며 트로이 인들을 분기시켰다.

"용맹한 전사들이여, 펠레우스의 아들 아킬레우스를 더 이상 두려워하지 마라. 영원불멸의 신들이라면 창으로 그들을 이길 수 없을 것이나, 아킬레우스는 그렇지 않다. 그의 주먹이 불과 같을지라도, 그의 분노가 타오르는 용광로 같을지라도 내가 그를 맞설 것이다!"

헥토르의 외침에 트로이의 전사들은 함성을 올리며 창을 치켜들었다. 이때 아폴론이 황급히 헥토르 앞에 나타나서 소리쳤다.

"헥토르여, 절대 아킬레우스에게 먼저 결투를 청해서는 안된다. 뒤로 한발 물러나서 그가 가까이 올 때까지 기다려야 한다!"

신의 음성을 들은 헥토르는 놀라며 일단 동료들 사이로 물러났다.

그러나 아킬레우스는 거칠게 함성을 지르며 트로이 병사들을 덮쳤다. 아킬레우스의 창에 오트륀테우스의 머리가 부서졌으며, 안테노르의 아들 데몰레온의 관자놀이가 찢어졌고, 전차에서 뛰어내려 도망가던 힙포다마스는 등이 찔려 비명을 지르며 숨을 멈추었다.

또한 아킬레우스의 창이 프리아모스의 귀한 막내 아들 폴뤼도로스의 등을 찔러 죽이자 헥토르의 눈앞에 안개가 소용돌이쳤다. 동생이 배를 움켜쥐며 쓰러지는 것을 보자 그는 더 이상 물러나 있을 수가 없었다. 헥토르는 창을 거세게 휘두르며 아킬레우스에게로 향했다.

아킬레우스는 헥토르를 알아보고 훌쩍 뛰어오르듯 달려나가 의기양양하게 외쳤다.

"내가 가장 사랑하는 나의 전우를 죽여 내 마음을 아프게 한 자가 저기 있구나! 이제 더 이상 피할 길은 없다. 너의 죽음을 한시라도 빨리 만나고 싶으니 덤벼라!"

그러자 헥토르도 물러서지 않았다.

"그까짓 바보 같은 말로 나를 겁줄 수 있을 것이라고는 생각하지 말아라. 그대가 나보다 강하다는 것은 알고 있다. 그러나 운명은 신의 의지에 달려 있다. 내 창이 그대의 목숨을 빼앗을 수도 있을 것이다!"

헥토르가 이렇게 험악하게 외치며 아킬레우스를 향해 창을 던졌다. 그러나 아테나 여신이 입김을 살짝 불어 창을 되돌려 헥토르의 발 앞에 떨어지게 했다. 이때 아킬레우스가 맹렬한 기세로 헥토르에게 달려들자 이번에는 아폴론이 헥토르를 낚아채어 안개로 감싸 버렸다. 아킬레우스가 다시 청동 창을 휘둘렀으나 세 번이나 짙은 안개 속을 내리쳤을 뿐이었다.

아킬레우스는 헥토르를 죽이지 못한 것을 분노하며 사방으로 달려 트로이 병사들을 닥치는 대로 죽였다. 검은 대지가 피로 물들었으며, 달려가는 아킬레우스의 발 아래 수많은 시신들과 방패들이 짓밟혔다. 아킬레우스의 전차 바퀴는 튀어오르는 핏방울로 더럽혀졌다. 아킬레우스는 무적의 두 손을 피로 물들이며 계속 달려나갔다.

제21권
강의 신과 싸우는 아킬레우스

마침내 트로이의 군사들이 세차게 흐르는 청명한 크산토스 강가의 여울에 도착했다. 아킬레우스는 그들을 둘로 갈라놓았다. 일부는 도시를 향해 후퇴해 갔으나 일부는 아킬레우스 앞에서 은빛 소용돌이의 강물 속으로 휘말려 들어갔다.

칼을 맞은 자들의 비명이 울려 나오며 강물은 피로 물들었다. 아킬레우스는 트로이의 젊은이 12명을 끌어내어 손을 뒤로 묶고 함선으로 보내어 파트로클로스의 죽음에 대한 피의 대가로 삼게 한

다음, 다시 더욱 맹렬하게 공격했다.

아킬레우스는 프리아모스의 아들, 뤼키온의 목을 내리치고 그의 발목을 잡아 강물로 던지며 우렁차게 소리를 질렀다.

"그곳에 누워 있으면 물고기들이 너의 상처에서 피를 빨게 될 것이다. 어느 누구도 너를 구해주지는 못할 것이다. 은빛 소용돌이의 강의 신이라 할지라도 말이다. 내가 없는 동안 죽어간 그리스 병사들과 파트로클로스의 죽음을 보상받기 전까지 난 너희들을 도륙할 것이다."

이 말에 마침내 강의 신은 분노하고 말았다. 신은 아킬레우스의 분노를 잠재울 방법을 궁리하기 시작했다. 그때 악시오스 강의 아들 아스트로파이오스가 두 개의 긴 창을 들고 강에서 나와 아킬레우스에게 맞섰다. 그것은 아킬레우스에게 화가 난 크산토스가 파이오니아 인의 전사인 아스트로파이오스에게 용기를 불어넣어 주었기 때문이다.

아스트로파이오스는 두 자루의 창을 동시에 아킬레우스에게로 던졌다. 그는 두 손을 동시에 사용할 수 있었다. 창 하나가 아킬레우스의 방패에 꽂혔으나 역시 신의 선물인 방패를 뚫지는 못했다. 그러나 다른 창은 아킬레우스의 오른쪽 팔꿈치를 스치고 지나가 검은 피가 솟구쳤다.

그러자 이번에는 아킬레우스가 물푸레나무 창을 던졌다. 그러나 창이 강둑으로 떨어지자 아킬레우스는 엉덩이 뒤쪽에서 날카로운 검을 빼어들고 달려들었다. 아스트로파이오스가 급히 강둑으로 떨어진 아킬레우스의 물푸레나무 창을 뽑아 들려고 했으나 창은 뽑히지 않았고 아킬레우스가 그를 덮쳐 목숨을 빼앗아가버렸다.

아킬레우스는 죽은 그의 가슴을 짓밟고 무구들을 벗겨내며 의기양양하게 외쳤다.

"강의 신의 후예라 할지라도 강력한 크로노스의 후손과 대적할 수는 없다. 제우스는 바다로 흘러들어가는 강의 신보다 위대하신 분이다. 또한 모든 강물과 바다와 샘과 깊은 우물로 흘러들어가는 오케아노스의 거대한 흐름도 제우스의 무시무시한 천둥 아래에서는 뒤로 물러날 수밖에 없는 것이다."

파이오니아 인들은 자신들의 가장 뛰어난 전사가 아킬레우스의 손에 쓰러지는 것을 보자 황급히 달아나기 시작했다. 아킬레우스는 소용돌이치는 강을 따라 도망치는 그들을 뒤쫓아가 닥치는 대로 죽였다. 강의 신은 더 이상 참지 못하고 사람의 모습을 하고 깊이 소용돌이치는 강에서 외쳤다.

"그만 해라! 아킬레우스여, 제우스가 모든 트로이 인을 죽이도록 허락했다 하더라도 여기 깊은 강물 속이 아니라 들판에서 죽이도록 해라. 나의 아름다운 강의 흐름이 병사들로 가득 차서 신성한 바다로 흘러드는 길을 막고 있다."

힘겹게 달려가던 아킬레우스는 잠시 숨을 고르며 대답했다.

"난 결코 멈출 수가 없다. 난 저들을 트로이 성벽 안으로 몰아넣고 헥토르와 대결할 것이다. 그가 나를 죽이든, 내가 그들을 죽일 때까지……."

그러자 강의 신은 깊은 강물 속에서 으르렁거리며 뛰쳐올라와 아폴론에게 소리쳤다.

"제우스의 아들이신 은빛 화살의 신이여, 제우스께서 당신께 명령하지 않았습니까? 태양이 떠오를 때부터 곡식으로 풍성한 대지가 어둠 속으로 사라질 때까지 트로이 인을 보호하라고 말입니다!"

이때 아킬레우스가 강 한복판으로 뛰어들었다. 강은 아킬레우스에게 소용돌이치며 덤벼들었으며 광포하게 솟구쳐 올랐다. 그리고 자신의 숨통을 조이던 병사들의 시체를 몰아냈다. 강은 그들을 마른 땅 위로 내던졌다. 그리고 세찬 강물로 아킬레우스의 어깨와 방패를 후려쳤다.

아킬레우스는 땅을 딛고 서 있을 수가 없었으므로 팔을 뻗어 커다란 느릅나무를 잡았다. 그러자 강이 나무를 흔들어 뿌리채 쓰러뜨렸다. 그러나 나무가 강을 가로질러 쓰러지며 물줄기를 막아주었다. 아킬레우스는 겨우 평지로 빠져나와 두려움에 떨며 달렸다.

그러나 강의 신은 멈추지 않고 더욱 으르렁거리며 그의 뒤를 쫓았다.

신은 인간보다 강력해서, 가장 빨리 달리는 전사 아킬레우스였지만 영원불멸의 신은 언제나 그를 따라잡았다. 강의 신은 펄쩍펄쩍 뛰는 아킬레우스의 발밑의 땅을 집어삼키며 아킬레우스의 무릎을 지치게 만들었다.

이에 아킬레우스는 하늘을 향해 고통스러운 비명을 질렀다.

"아버지 제우스여, 강의 신으로부터 저를 구해줄 신은 없는 것입니까? 어머니께서는 제가 트로이의 성벽 아래에서 숨을 거둘 것이라고 했는데 지금 무도한 강에 휩쓸려 죽을 운명이란 말입니까?"

아킬레우스의 외침을 듣자 포세이돈과 아테나가 재빨리 달려가 그의 곁에 섰다. 그리고 인간의 모습을 하고 말했다.

"용기를 내라, 아킬레우스! 두려워할 필요 없다. 강의 신은 곧 물러나게 될 것이다. 넌 강의 신에게 죽을 운명이 아니다. 그러니 충고를 하나 하겠다. 트로이의 병사들을 도성 안으로 밀어붙이기 전까지 결코 이 거대한 전쟁에서 물러나서는 안된다. 그러나 트로이의 왕자, 헥토르를 살해한 다음에는 바로 너의 함선으로 돌아가야 한다. 그때 너의 명예를 되찾게 될 것이다!"

아킬레우스는 신들의 강력한 명령에 따라 더욱 사납게 돌진해 갔다. 그러나 강의 신도 동생 시모에이스를 불러 함께 아킬레우스에게 덤벼들었다. 강물은 더욱 높이 솟구쳤으며 거품과 피로 물든 시신들이 엉켜 만들어진 검은 물결이 아킬레우스를 덮치려고 했다.

이때 헤라 여신이 다급하게 자신의 사랑하는 아들, 불의 신 헤파이스토스를 향해 말했다.

"아들아, 어서 너의 성난 불길을 크산토스 강변으로 보내라."

헤라의 명령을 받은 헤파이스토스는 맹렬히 타는 불길을 준비했다. 불길은 들판에 널린 시체들을 태웠으며 과수원도 태우고 이어 강변의 나무들에게 옮겨 붙었다. 강물의 소용돌이 속에 있는 고기

떼들도 헤파이스토스가 내지른 불기에 마구 시달렸다.

강은 화염에 싸여 끓어올랐으며 아름답게 흐르던 물줄기도 멈추어버렸다. 그러자 강의 신은 헤라에게 다시는 트로이 인을 돕지 않을 것이니 제발 멈추어달라고 간청하기 시작했다.

크산토스의 외침을 듣고 나서야 헤라가 아들에게 멈출 것을 명했으며 그로써 강물은 다시 아름다운 물줄기를 만들며 흘러갔다.

한편 아킬레우스는 살육을 멈추지 않았다. 프리아모스 왕은 신들이 세워 놓은 탑 위에 서서 그 모습을 바라보았다. 트로이 인들은 아킬레우스 앞에서 허겁지겁 뒤돌아 달아났다. 왕은 절규하듯 소리를 지르며 탑 위에서 땅으로 내려왔다. 그리고 성문의 문지기들에게 명령했다.

"트로이의 전사들이 성 안으로 들어올 때까지는 성벽 문을 꼭 잡고 있어라. 그리고 저 잔혹한 인간이 성 안으로 들어오기 전에 성문을 닫아야 한다."

문지기들이 성문을 활짝 열어젖히자 갈증으로 목말라 하며 먼지를 뒤집어쓴 트로이 인들이 들판에서 성문으로 달려 들어왔다. 그들의 뒤를 아킬레우스가 쫓고 있었다.

이때 그리스 병사들이 트로이를 함락시키고 말았을 것이나, 아폴론이 이들을 구하고자 앞으로 달렸다. 그리고 강력하고 고귀한 전사 아게노르에게 용기를 불어넣어 아킬레우스와 맞서게 했다.

아게노르는 아킬레우스가 다가오는 것을 보자 잠시 멈추었다.

그의 마음이 세찬 바다에 시달리듯 울렁거렸다. 그러나 그의 용맹함은 싸우기를 열망했으므로 아킬레우스와 맞붙어 보기 전에는 결코 달아나지 않을 태세였다.

아게노르는 가슴을 방패로 가리고 아킬레우스를 향해 창을 도전적으로 겨냥하며 외쳤다.

"오, 아킬레우스여! 당신은 오늘 반드시 트로이를 함락시키려 하겠지만 그처럼 어리석은 일은 없을 것이다. 트로이의 용맹한 전사들이 사랑하는 가족들 앞에서 반드시 성을 지켜낼 것이기 때문이다."

그리고 그는 날카로운 창을 힘차게 쥐고 던졌다. 창은 아킬레우스의 무릎 아래 정강이를 정확하게 찔렀다. 그러나 주석으로 만들어진 정강이받이가 세차게 울리면서 창은 다시 튕겨져 나왔다.

이번에는 아킬레우스가 아게노르에게 덤벼들었다. 그러나 아폴론은 아킬레우스가 영광을 차지하도록 내버려 두지 않았다. 그는 아게노르를 안개로 감싸 싸움터 밖으로 안전하게 데리고 나왔다.

그리고 아폴론은 아게노르의 모습으로 아킬레우스 앞에서 달아나기 시작했다. 아킬레우스는 그를 따라잡을 듯이 추격하기 시작했으며 그동안 트로이 인들은 성벽에 도착하기 위해 구름 떼처럼 달려갔다. 성벽 바깥에 무모하게 남아 있을 사람은 아무도 없었다.

제 22권

헥토르의 죽음

성문 앞에 홀로 선 헥토르

트로이의 병사들이 놀란 새끼 사슴처럼 성으로 달아나 땀을 닦아내고 갈증을 달래는 동안, 그리스의 병사들은 방패를 어깨에 두르고 성벽으로 달려들었다. 그러나 헥토르는 스카이아이 성문 앞에 홀연히 서 있었다. 잔혹한 운명이 그를 붙들어 맸기 때문이다.

한편 아폴론은 계속 쫓아오고 있는 아킬레우스에게 자신이 신이라는 것을 알려주었다. 아폴론에게 속았다는 것을 알아챈 아킬레우스는 걸음을 늦추며 버럭 화를 냈다.

"그대가 내 앞길을 방해했단 말인가요? 트로이의 군대에서 나를 멀어지게 했군요. 당신이 그렇게 하지 않았다면 성문에 닿기 전에 그들을 먼지 속으로 쓰러뜨렸을 텐데! 내게서 영광을 앗아가려고 하는 당신에게 할 수만 있다면 복수를 해줄 텐데."

아킬레우스는 더 이상 말을 잇지 못하고 성을 향해 달려갔다. 우승을 획득한 말이 평야를 아주 거뜬하게 달려가듯 그렇게 아킬레우스는 다리와 무릎을 움직여 돌진해 갔다.

아킬레우스를 가장 먼저 알아본 사람은 프리아모스 왕이었다. 그는 밤하늘의 수많은 별들 중에서 가장 찬란한 빛을 뿌리며 물결쳐오듯 돌진해 오고 있었다.

노인은 한탄을 하며 두 손으로 머리를 두드렸다. 그리고 성벽 앞에 서 있는 사랑하는 아들에게 간청하듯이 말했다.

"오, 내 아들, 헥토르야! 그곳에 혼자 그렇게 서서 저자를 기다려서는 안된다. 아킬레우스는 너보다 강하기 때문에 넌 그의 손에 쓰러지게 될지도 모른다. 저자는 나의 용감한 아들들을 빼앗아가 내 마음에 슬픔을 남겨주었다. 그러나 트로이의 남은 백성들을 위해 너만은 아킬레우스에게 쓰러져서는 안된다."

늙은 왕은 간청하듯이 헥토르의 마음을 움직여보려고 했으나 그는 꿈쩍도 하지 않았다. 그러자 이번에는 어머니가 젖가슴을 쥐어

헥토르에게 최후의 일격을 가하는 아킬레우스 | 루벤스

영웅들의 수호신인 아테나가 싸움에서 아킬레우스가 승리하도록 격려하고 있다.

뜯으며 눈물을 흘렸다.

"오, 내 아들 헥토르야, 네가 괴로움으로 울 때면 이 젖가슴을 너에게 물렸었다. 기억하느냐? 제발 어미를 불쌍히 생각한다면 맨 앞에서 적을 맞지 말고 성 안으로 들어오너라."

이렇게 그들은 사랑하는 아들에게 애원하기를 거듭했으나 헥토르의 굳은 결심을 바꿀 수는 없었다. 그는 아킬레우스를 기다렸다. 마치 독기를 품고 사람을 기다리는 뱀처럼 헥토르는 빛나는 방패를 성벽에 기대어 놓고, 더 이상 물러날 수 없는 곳에서 터질 것 같은 분노를 달래고 있었다.

"내가 만일 성벽 안으로 들어간다면 폴뤼다마스가 제일 먼저 나를 비난할 것이다. 지난밤에 트로이 병사들을 이끌고 트로이의 성 안으로 후퇴하라고 재촉했던 그의 말을 듣지 않아 군대가 파멸하고 말았으니 트로이 백성 앞에 얼굴을 들 수가 없게 되었다. 허나 그렇다고 성벽에 창을 기대어 놓고 방패와 투구를 내려놓은 채 내가 먼저 아킬레우스를 만나러 간다면, 그리고 헬레네와 보물들을 돌려주고 트로이의 모든 재물을 나누겠다고 약속한다면 어떻게 될까? 허나 그는 절대 자비를 베풀지 않을 것이다. 한치의 배려도 없이 나를 처치해버릴 것이다."

이런 생각을 하며 기다리는 동안 아킬레우스가 가까이 다가오고 있었다. 번쩍거리는 투구 아래 오른쪽 어깨 위로 물푸레나무 창을 휘두르는 그의 주위는 청동이 타오르는 불처럼, 또는 떠오르는 태양처럼 빛났다.

헥토르는 그를 보자 두려움으로 떨기 시작했다. 그리고 더 이상 서 있을 수가 없어 성문을 뒤로 하고 달아났다.

아킬레우스는 마치 사나운 매가 가여운 비둘기를 낚아채 가려는 듯 무시무시한 속력으로 헥토르를 뒤쫓았다. 헥토르는 성벽을 따라 다리를 최대한 빨리 움직이며 달렸다.

두 사람이 최고의 속력으로 프리아모스의 도시를 세 바퀴째 돌고 있는 것을 신들도 바라보고 있었다. 이때 신과 인간들의 아버지 제우스가 신들 사이에서 앞으로 나와 말했다.

"내가 사랑하는 아들이 성벽 주위에서 쫓기는 것을 보고 있어야 하다니. 헥토르로 인해 내 마음이 아프구나. 많은 제물들을 바치며 나를 섬기던 헥토르가 아킬레우스에게 쫓기고 있으니 우리가 그의 생명을 죽음에서 구해야 할지, 아니면 아킬레우스의 손에 죽게 해야 할지를 결정해라."

그러나 아테나 여신이 회색 눈을 커다랗게 뜨며 강력하게 반대했다.

"지금 무슨 말을 하고 계신 거예요? 오래 전에 이미 죽을 운명으로 예정된 그를 당신께서 살려내겠다는 말인가요? 당신의 뜻에 찬성할 신은 아무도 없을 것입니다."

그러자 제우스가 얼른 대답했다.

"정말 그렇게 하겠다는 뜻은 아니었단다. 그러니 더 이상 주저하지 말고 네가 하고 싶은 대로 해라."

제우스의 격려를 받은 아테나 여신은 올림포스 산꼭대기에서 뛰어내렸다.

아킬레우스의 추격

한편 아킬레우스는 쉴 새 없이 헥토르를 뒤쫓았다. 마치 잡으려고 해도 잡히지 않고, 벗어나려고 해도 벗어나지 못하는 꿈처럼 그렇게 두 사람은 달렸다.

그러나 아킬레우스는 자신의 군대에게 신호를 보내 누구도 헥토르에게 창을 던지지 못하게 지시했다. 헥토르를 죽이는 첫번째 영광을 다른 자에게 주지 않기 위해서였다.

마침내 그들이 네 바퀴째 접어들었을 때 제우스가 두 사람의 운명을 올려놓은 황금 저울을 펼쳐 들었다. 헥토르의 것이 아래로 기울며 하데스의 집으로 떨어졌다. 그러자 아폴론 신은 헥토르의 곁을 떠났으며 아테나 여신이 아킬레우스의 어깨 곁에 바싹 붙어 이렇게 명했다.

"아킬레우스여, 마침내 우리의 뜻을 이루게 되었다. 지칠 줄 모르고 싸우는 헥토르를 죽이고 그리스 인의 영광을 되찾게 될 것이다. 헥토르는 더 이상 도망칠 수 없다. 아폴론이 제우스 앞에서 헥토르를 살려달라고 간청을 해도 소용이 없을 것이다."

아테나는 이렇게 말하고 아킬레우스를 뒤로 하고 헥토르를 따라잡았다. 그리고 데이포보스(헥토르의 동생)의 모습을 하고 말했다.

214

"형님, 우리 함께 저자를 치도록 합시다!"

헥토르는 아테나를 위험을 무릅쓰고 성에서 나온 동생으로 생각했다. 자신을 도와주러 온 동생을 고맙게 생각하며 그의 뒤를 따랐다. 마침내 헥토르와 아킬레우스가 서로 달려나와 가까워지자 헥토르가 먼저 소리쳤다.

"아킬레우스여, 만약 제우스가 내게 마지막까지 살아남을 수 있도록 허락하여 너의 목숨을 빼앗을 수 있게 된다면 고귀한 너의 갑옷은 벗겨내고 너의 시신은 그대로 너의 동료들에게 돌려보낼 것이다. 그러니 너도 그렇게 하겠다고 맹세하라."

그러나 아킬레우스는 적과의 사이에는 신의도 맹약도 있을 수 없는 일이라고 소리치며 헥토르를 겨냥해 기다란 창을 날렸다. 헥토르는 자리에 주저앉아 창을 피했다. 아테나가 헥토르 뒤로 날아간 창을 집어들고 헥토르가 보지 못한 사이에 아킬레우스에게 다시 건네주었다.

헥토르는 아킬레우스를 조롱하며 이번에는 실수하지 않겠다는 듯 정확하게 창을 던졌다. 창은 아킬레우스의 방패를 정확하게 맞혔으나 튕겨져 나오고 말았다. 그러자 헥토르는 하얀 방패를 들고 서 있는 데이포보스를 향해 더 무거운 창을 달라고 소리쳤다.

그러나 그의 곁에 데이포보스는 없었다. 그제야 진실을 알아차린 헥토르가 소리 높여 외쳤다.

"이제 시간이 다 되었구나! 아테나가 나를 속이고 신들이 나를 죽음으로 부르는구나. 이것이 제우스와 멀리 쏘는 활의 신 아폴론의 뜻이란 말인가! 그러나 저항해보지도 않고, 영광도 없이 끝낼 수는 없다. 후세 사람들이 칭송할 대단한 전투를 하고 죽을 것이다."

단호한 결정을 내린 헥토르는 허리에 차고 있던 날카로운 칼을 빼들고 덤벼들었다. 아킬레우스 역시 타는 듯한 분노로 가득 차서 달려들었다. 그의 가슴은 아주 잘 만들어진 빛나는 방패로 감싸여 있고, 반짝이는 투구가 씌워져 있는 머리를 흔들자 네 개의 뿔과 금빛 술이 너울거렸다.

아킬레우스는 어디를 찌르면 좋을지를 생각하며 헥토르를 훑어보았다. 헥토르의 몸은 파트로클로스에게서 빼앗은 갑옷들로 감싸여 있었다. 그러나 목은 청동 갑옷으로 덮여 있지 않았다. 아킬레우스는 그 치명적인 급소에 창을 찔러넣었다.

창끝이 헥토르의 목을 뚫고 나가자 헥토르는 먼지 속으로 쓰러졌다. 아킬레우스는 헥토르를 내려다보며 의기양양하게 외쳤다.

"헥토르여, 그대가 파트로클로스의 갑옷을 벗겨냈을 때 안전하리라 생각했느냐! 그리스의 함선 옆에 강력한 복수자가 기다리고 있었다. 그자가 바로 나다. 너보다 훨씬 강한 나란 말이다! 이제 너는 개와 새들에게 물어뜯기는 신세가 될 것이다."

헥토르가 겨우 숨을 쉬며 말했다.

"제발 애원하니 나를 개들의 먹이가 되게 내버려 두지 말게. 내 아버지와 어머니가 주는 선물로 청동과 금을 받고 내 시신을 고향으로 보내어 그곳에서 화장하게 해주게!"

그러나 죽음이 헥토르를 덮쳤으며 그의 영혼은 하데스의 집으로 날아갔다. 아킬레우스는 헥토르의 시신에서 창을 빼내고 갑옷을 벗겨냈다. 그리스 병사들이 다가와 기뻐하며 소리쳤다.

"이곳에 있는 헥토르는 우리 함선을 불사르기 위해 달려왔을 때에 비하면 훨씬 다루기 편해졌구나!"

아킬레우스가 그리스 병사들 사이에서 외쳤다.

"동지들이여, 신께서 우리를 고통에 빠뜨렸던 자를 죽게 만들었소! 모든 트로이 인들이 신처럼 받들던 헥토르를 죽였으니 우리는 이제 승리의 노래를 부르며 우리의 함선으로 돌아갑시다!"

슬픔에 빠진 트로이

아킬레우스는 헥토르의 시체를 자신의 전차에 매달았다. 그리고 채찍을 휘두르며 말을 몰았다. 아름다운 헥토르의 머리가 온통 먼지투성이가 되어 끌려다니자 그의 어머니는 머리를 쥐어뜯으며 통곡했다. 이어 그의 아버지 프리아모스 왕이 슬픔의 눈물을 흘리자 도성의 모든 백성들도 비탄에 빠졌으며 마치 트로이 전체가 검은 연기와 화염에 휩싸인 듯했다.

백성들은 슬픔을 이기지 못해 성 밖으로 뛰어나가려는 프리아모스를 제지해야 했다. 노인은 비참하게 애원했다.

"나 혼자서라도 함선으로 찾아가 저 극악무도한 놈에게 애원을 해보겠다. 그에게도 늙은 아버지가 있을 것이니 이 노인을 불쌍하게 생각할지도 모르지 않는가! 그동안 수없이 많은 아들을 잃었으나 헥토르의 죽음과는 비교할 수가 없구나. 슬픔이 나를 하데스의 집으로 끌고 갈 것 같구나!"

비탄에 젖은 목소리로 왕이 흐느끼자 백성들도 눈물로 답했다. 고귀한 헤카베가 트로이 여인들 중에서 가장 먼저 통곡하기 시작했다.

한편 헥토르의 아내는 남편의 죽음을 아무도 알려주지 않았기 때문에 자신의 집 베틀 앞에서 천을 짜고 있었다. 그녀는 하녀에게 커다란 세발솥을 불 위에 올려놓으라고 지시했다. 헥토르가 전쟁터에서 돌아왔을 때 뜨거운 물로 목욕을 할 수 있게 하려는 것이었다. —— 가련하게도!

그러나 성벽에서 터져나오는 비탄과 통곡의 소리에 그녀는 온몸을 떨면서 베틀의 북을 땅으로 떨어뜨렸다. 거의 미친 여자처럼 뛰쳐나간 그녀는 성벽 위로 올라갔다. 성벽 위에서 주위를 둘러보던 그녀는 사랑하는 헥토르가 그리스 함선 쪽으로 끌려가는 것을 보았다.

캄캄한 어둠이 그녀의 두 눈을 덮어버리자 그녀는 정신을 잃고 쓰러졌다. 주위에서 부축하자 겨우 숨을 쉴 수 있게 된 그녀는 여인들 사이에서 흐느껴 울면서 외쳤다.

"당신은 이제 하데스의 집으로 떠나고 나만 홀로 과부로 슬픔 속에 남아 있게 되었군요. 우리 두 사람이 낳은 아들은 아직 어린아이인데, 당신이 죽고 없으니 이제 어떡하나요? 비록 그리스 병사들 손에서 살아남는다 할지라도 고아가 된 그 아이는 친구들에게 버림을 받게 되겠지요. 당신이 살아 있을 때만 해도 트로이 인들은 그 애를 아스튀아낙스라고 부르며 사랑해주었는데 말이지요. 당신의 명예를 위해 트로이의 모든 남녀가 보는 앞에서 당신의 옷가지를 불사르는 것이 좋겠어요."

제23권

파트로클로스를 추모하며

파트로클로스를 화장하다

트로이 성의 백성들이 슬픔에 빠져 있는 동안 그리스 군대는 함선으로 돌아가 각자 자신들의 배로 흩어져 갔다. 그러나 아킬레우스는 뮈르미도네스 족을 불러 파트로클로스의 장례를 치르도록 했다.

그들은 말을 타고 시신 주위를 돌면서 통곡했다. 그들 사이에서 테티스도 함께 슬퍼했다. 아킬레우스는 전사들을 죽이던 잔악한 두 손을 가장 친한 동료의 가슴 위에 얹고 통한의 눈물을 쏟아 냈다.

"파트로클로스여, 잘 가게! 그리고 내가 그대에게 한 약속을 얼마나 잘 지켰는지를 보게나. 헥토르의 시체를 끌고 왔다네. 개 떼들에게 던져줄 것이라네. 그리고 트로이의 훌륭한 젊은이 12명을 그대의 화장 더미에 바칠 것이라네."

아킬레우스와 그 일행들은 말에서 내려 갑옷도 벗고 아킬레우스의 배 옆으로 모여들었다. 그리고 장례를 치를 준비를 했다. 황소와 양, 염소, 돼지들을 도살하고 헤파이스토스의 불에 그을렸다. 그리고 파트로클로스 시신 주위로 한 컵의 피를 부어 돌렸다.

이때 아킬레우스의 동료들이 파트로클로스 곁을 떠나지 않으려는 그를 설득하여 아가멤논에게로 데려갔다. 아가멤논의 막사에 도착한 그들은 세발솥에 물을 올리고 피에 젖은 몸을 씻도록 했다. 그러나 아킬레우스는 파트로클로스를 화장하기 전에는 그럴 수 없다고 선언했다.

그리고 아가멤논에게 날이 새면 파트로클로스를 화장할 나무를 해오도록 백성들을 격려하라고 했다. 모두들 아킬레우스의 말에 고개를 끄덕이며 자신들의 막사로 돌아갔다.

밤이 되자 아킬레우스는 파도치는 해안가에 누워 슬퍼하고 있었다. 그러나 머지않아 달콤한 잠이 헥토르를 쫓느라 지쳐 있는 그를 사로잡아버렸다. 이때 부상당한 파트로클로스의 혼백이 홀연히 나타났다. 그는 생전의 모습 그대로 나타나 아킬레우스의 머리 위에서 내려다보며 말했다.

"아킬레우스여, 벌써 나를 잊고 자고 있단 말인가? 어서 나를 화장해서 하데스의 집으로 보내주게. 태어날 때부터 정해진 죽음의 운명이 나를 삼켜버렸으니 이제 다시는 자네와 뭔가를 의논할 수가 없게 되었다네. 그렇지만 자네 역시 트로이의 성벽에서 죽을 운명이니 부디 간청하건데, 자네의 뼈와 내 것을 따로 떼어서 묻지 말아주게. 우리는 어린 시절부터 같이 자랐으니 우리 두 사람의 뼈도 같은 항아리에 넣어 달라고 그대의 어머니에게 부탁해주게나."

아킬레우스는 반드시 그렇게 할 것이니 걱정하지 말라고 했다. 그리고 잠시라도 좋으니 한번 안아보고 싶다며 팔을 벌렸다. 그러나 아무것도 잡히지 않았으며 혼령은 연기처럼 스르르 사라져버렸다.

아킬레우스는 벌떡 일어나 눈앞을 응시했다. 그리고 주먹을 휘두르며 비통하게 외쳤다.

"파트로클로스의 영혼이 고통스럽게 울면서 밤새 내 곁에 있었구나!"

아킬레우스의 외침은 주변 사람들을 더욱 서럽게 울게 만들었다. 그들이 시신 주위에서 애도하는 동안 장밋빛 손가락의 새벽의 여신이 다가왔다.

날이 밝자 아가멤논은 병사들에게 나무를 하도록 명령했다. 군대는 기다란 도끼와 단단한 밧줄을 들고 노새를 앞장세워 걸어갔

파트로클로스의 장례식 | 다비드

아킬레우스가 파트로클로스의 시신을 끌어안고 울고 있다. 파트로클로스의 죽음은 아킬레우스
가 다시 전쟁에 참여하게 되는 계기가 된다.

다. 그들은 샘이 많은 이다 산에 도착하자 잎이 왕관처럼 무성한 참나무를 베어 노새에 싣고 바닷가로 돌아왔다. 그곳은 아킬레우스가 자신과 파트로클로스를 위한 거대한 묘를 세우려고 택한 곳이었다.

아킬레우스는 뮈르미도네스 족의 전사들에게 무장을 하라고 명령했다. 그들은 갑옷을 챙겨 입고 전차에 올랐다. 전차들이 앞서서 움직이고 그 뒤를 수천의 병사들이 구름처럼 뒤따랐다. 그리고 그들 한가운데에서 동료들이 파트로클로스를 운반했다.

시신은 전사들이 잘라서 던진 머리카락으로 덮여 있었다. 바로 그 뒤에 아킬레우스가 울면서 그의 머리를 받쳐 들고 있었다. 자신의 친구를 하데스의 집까지 호위하려는 것이었다. 그들은 아킬레우스의 지시에 따라 한 장소에 이르러 시신을 내리고 적당한 높이로 나무를 쌓았다.

그리고 위대한 전사 아킬레우스는 자신의 의무를 한 가지 더 기억해냈다. 그는 화장 제단에서 뒤로 몇 발자국 물러나 자신의 금발을 잘라냈다. 그리고 그것을 사랑하는 친구의 손에 얹어 놓았다. 그러자 전사들은 더욱 침통하게 울었다.

그들은 나무 제단을 쌓고 그 위에 시신을 올렸다. 그리고 희생 제물도 함께 올린 다음 장작 더미에 불을 붙였다. 아킬레우스는 사랑하는 친구의 이름을 부르며 외쳤다.

"친구여, 잘 가게. 여기 트로이의 고귀한 자제들 12명도 그대와 함께 태워버릴 것이네. 그러나 프리아모스의 아들 헥토르는 불에 태우지 않고 사나운 개 떼들이 그의 살집을 물어뜯게 할 것이라네."

그러나 헥토르는 개들의 먹이가 되지 않았다. 제우스의 딸, 아프로디테가 아침부터 밤까지 개 떼들을 쫓아냈으며 헥토르의 몸을 신성한 장미 기름으로 도포해 두었으므로 아킬레우스가 전차에 매달아 끌고 다녔어도 찢어지지 않았다.

또한 아폴론은 하늘에서 땅까지 검은 구름으로 뒤덮어 시신이 태양빛 아래에서 시들지 않도록 했다.

그런데 파트로클로스의 제단이 활활 타오르지 않았으므로 아킬레우스는 북풍과 서풍의 신에게 기도했다. 그는 바람의 신에게 제물을 바칠 것이니 와서 나무들이 타오르도록 해달라며 잔을 바쳤다.

이리스가 재빨리 바람의 신들에게 날아가 그의 기도를 전했다. 그러자 사나운 바람이 바다를 헤치고 기름진 트로이의 땅에 이르러 화장 제단을 덮쳤다. 그들은 밤새도록 불길을 몰아쳐 제단이 활활 타오르도록 했다.

그동안 아킬레우스는 밤새도록 황금 항아리에서 포도주를 퍼내어 땅에 쏟아 부어 대지를 적시면서 파트로클로스의 영혼을 달래고 제단 주위를 돌면서 통한의 눈물을 흘렸다.

전차경기

황금빛 예복을 걸친 새벽의 여신이 바다를 가로질러 오자 불길은 사그라들었다. 잠깐 잠에 빠져들었던 아킬레우스는 아가멤논과 함께 다가오는 그리스 장수들의 시끄러운 소리에 깨어났다.

아킬레우스는 장수들에게 파트로클로스의 뼈를 추려내라고 명했다. 그리고 그의 뼈를 두 겹으로 단단하게 싸서 자신이 하데스의 집으로 갈 때까지 잘 보관해 두라고 했다.

그 일이 끝나자 아킬레우스는 군대를 한곳으로 불러 모았다. 장례 경기를 준비하기 위해서였다. 그는 자신의 배에서 가마솥과 세발솥, 말과 노새, 육중한 머리의 황소를 가져왔으며 아름다운 여인들도 데려왔다. 모두 장례 경기를 위한 상품들이었다.

아킬레우스는 일어나 모든 병사들을 향해 소리쳤다.

"그리스 전사들이여, 경기를 시작하라! 여기 상품들이 전사들을 기다리고 있다. 만약 우리의 명예를 걸고 하는 시합이라면 기꺼이 내가 나가 승리를 쟁취했을 것이다. 여러분들도 알다시피 포세이돈이 우리 아버지 펠레우스에게 주었고, 또한 그분이 내게 주신 불사의 말들이 우리 팀이기 때문이다. 그러나 나와 내 말들은 경주에 참가하지 않을 것이다. 말들을 보살펴주던 마부를 잃었기 때문이다. 말들은 슬퍼하며 전혀 움직이려고 하지 않고 있다. 그러나 여기 진중에 있는 여러분들은 기꺼이 경기에 참여하라!"

날랜 전차 경주자들이 모여들었다. 그들이 제비뽑기를 하여 출발점을 정하고 늘어서자 아킬레우스가 저 멀리 수평선의 한 지점을 가리켰다. 그리고 그곳에 아버지의 오른팔이었던 노신, 포이닉스를 세워 점수를 매기게 했다.

전차경기의 주자들이 모두 채찍을 휘두르며 소리를 치자 말들은 들판으로 내달렸다. 전사들은 각각 마음속에 승리를 염원하며 자신의 말들을 향해 소리쳤으며, 말들은 소용돌이치는 먼지를 일으키며 들판을 달려갔다.

반환점을 통과하여 햇빛 아래에서 빛나는 바다를 향해 최종 코스를 달리기 시작했을 때 주자들은 저마다의 자세를 갖추고 전속력을 다해 달렸다. 에우멜로스가 가장 먼저 나타났으며 그 뒤를 디오메데스의 말들이 바짝 따라왔다. 디오메데스는 금방이라도 에우멜로스를 뛰어넘을 것처럼 보였다.

그러나 디오메데스에게 화가 나 있던 아폴론이 그의 채찍을 내리쳐 손에서 떨어지게 했다. 분노의 눈물이 디오메데스의 뺨을 타고 흘러내렸다. 디오메데스는 에우멜로스가 멀어지는 것을 바라보고 있어야만 했다.

이때 아테나가 재빨리 달려가 채찍을 주워 다시 디오메데스의 손에 돌려주고 그의 말들을 격려했다. 그리고 에우멜로스에게 날아가 그를 방해하여 말들이 트랙을 벗어나게 했다. 에우멜로스는 땅에 떨어져 부상을 입고 눈물을 흘렸으며 여신의 힘을 받은 디오메데스가 가장 선두에서 달리게 되었다.

그 뒤를 붉은 머리의 메넬라오스가 뒤따랐으며 그 다음을 안틸로코스가 자신의 말들에게 더욱 속력을 내라고 소리치며 달렸다. 좁아진 경주로에 이르러 안틸로코스의 말들이 메넬라오스를 바짝 뒤쫓아 거의 충돌할 지경이 되자, 메넬라오스는 좁은 곳에서 무모하게 싸우다가는 두 사람 다 위험하다고 경고하며 속력을 줄였다. 그러나 안틸로코스는 더욱 채찍을 휘두르며 앞서 달려나갔다.

한편 병사들은 넓게 빙 둘러앉아 먼지를 일으키며 달려오고 있는 말들을 바라보고 있었다. 크레타의 장군 이도메네우스가 높은 곳에 앉아 크게 소리쳤다.

"이제 반환점을 돈 것 같다. 제일 선두에서 달리는 자는 말을 잘 길들이는 튀데우스의 아들 디오메데스다!"

그러자 작은 아이아스가 그렇지 않다고 소리쳤다.

"잘 보시오. 에우멜로스의 암말들이 선두를 달리고 있지 않소!"

두 사람의 말다툼이 계속되자 아킬레우스가 나서서 그들을 나무라며 자리에 앉아 결과를 지켜보라고 했다.

이때 디오메데스가 끊임없이 채찍질을 하며 그들을 향해 달려왔다. 결국 그에게 아름다운 여인과 세발솥이 상으로 주어졌다. 그 뒤를 이어 안틸로코스가 도착했다. 안틸로코스에 밀려 뒤처진 메넬라오스는 열심히 말들을 몰아붙여 안틸로코스 뒤를 이었다.

맨 마지막에 에우멜로스가 포기하지 않고 겨우 들어오자 아킬레우스는 그를 측은하게 생각하여 2등상을 주겠다고 했다. 그러나 안

틸로코스가 자기가 받을 상을 양보할 수 없다며 항의했으므로 아킬
레우스는 에우멜로스에게 다른 상을 주었다.

이때 안틸로코스에게 화가 나 있던 메넬라오스가 나서서 말했다.

"훌륭한 덕성을 가졌다고 알고 있었던 그대가 도대체 무슨 짓을
한 것인가? 얕은 꾀로 나를 위협하고 내 말들을 방해하다니! 여기
에 있는 모든 그리스의 장수와 병사들이 공명정대한 판결을 내리리
라 믿는다."

그러자 안틸로코스는 자신이 너무 어려 급한 마음에 실수를 한
것이니 용서해달라고 빌고 자신이 상으로 받을 말을 내놓겠다고 했
다. 그제서야 메넬라오스는 흐뭇해하며 노여움을 풀었다.

아킬레우스는 이들에게 상을 나누어 준 다음, 여러 가지 다른 상
을 내놓고 권투경기, 격투기, 달리기, 창던지기 시합을 열어 파트
로클로스의 죽음을 애도했다.

제24권
아킬레우스와 프리아모스 왕

아킬레우스, 헥토르의 시체를 전차에 매달다

경기가 끝나자 모여 있던 병사들은 각각 자신들의 함선으로 돌아갔다. 그들은 저녁을 먹고 달콤한 잠에 빠져들고 싶었다. 그러나 아킬레우스는 친구에 대한 기억이 물밀 듯이 밀려와 잠을 이룰 수 없었다. 그는 자리에 누워 뒤척거리며 용감하고 늠름했던 파트로클로스를 그려보다가 바닷가로 걸어 나와 정처 없이 거닐었다.

새벽의 여신이 바다 위로 붉게 타오르면서 바닷가를 거닐고 있는 그를 알아보았다. 아킬레우스는 빨리 달리는 말을 전차에 매고 멍에를 얹었다. 그리고 헥토르를 전차 뒤에 매달고 파트로클로스의 무덤을 세 번을 돌고 나서야 자신의 막사로 돌아가 휴식을 취했다.

프리아모스의 아들을 가련하게 생각한 신들은 헤르메스에게 시신을 훔쳐오라고 했다. 그러나 헤라와 포세이돈, 빛나는 눈의 여신(아테나)이 반대하며 물고늘어졌다.

파리스의 광기로 인해 이 전쟁이 시작되었을 때 이들 신은 신성한 도시 트로이와 프리아모스와 그의 백성들을 미워하고 있었다. 아테나와 헤라가 파리스의 양 떼 우리를 방문했을 때, 재앙을 초래할 아름다움을 선택한 파리스가 이 두 여신을 거부했기 때문이다.

마침내 헥토르의 시신이 끌려 다닌 지 열이틀째가 되자 영원한 불사신 아폴론이 일어섰다.

"신들이여 참으로 잔인하십니다! 헥토르가 그대들에게 바친 제물들이 생각나지 않습니까? 그런 헥토르를 아킬레우스가 죽이고 전차에 매달고 친구의 무덤 주위를 돌고 있어요. 명예롭지 못한 일입니다. 그는 단지 자신의 분노를 무분별하게 터트리고 있을 뿐이요."

그러나 흰팔의 여신 헤라는 헥토르와 아킬레우스에게 똑같은 명예를 내릴 수는 없다며 화를 냈다. 헥토르는 죽을 운명인 인간이지만, 아킬레우스는 신의 아들이기 때문이라는 것이다.

이때 제우스가 나서서 말했다.

"헤라여, 화내지 마시오. 두 사람에게 동등한 명예를 내릴 수는 없지만 헥토르는 트로이의 모든 백성들 중에서 신들이 가장 사랑했던 인간이오. 그는 내 제단에 훌륭한 음식과 술을 바치는 것을 소홀히 한 적이 없어요. 그러나 헥토르를 아킬레우스 몰래 빼오는 일은 가능하지 않으니 누가 내 앞에 테티스를 불러주시오. 아킬레우스가 프리아모스의 선물을 받고 헥토르를 돌려보내도록 테티스가 설득하게 하겠소."

제우스의 명령이 떨어지자 이리스가 제우스의 메시지를 들고 바람처럼 달려갔다.

이리스는 사모스와 임브로스의 울퉁불퉁한 바다 사이의 검은 바다 속으로 뛰어들어갔다. 거의 바닥 쪽까지 내려간 이리스는 커다란 동굴에 있는 테티스를 발견하자 부산하게 달려들며 소리쳤다.

"테티스여, 빨리 일어나요, 빨리. 제우스께서 당신을 부르십니다."

그러자 반짝반짝 빛나는 발을 움직이면서 여신이 대답했다.

"위대한 신께서 나를 왜 부르시는 것일까?"

눈부신 바다의 요정은 대양의 어둠보다 더 검은 베일을 두르며 나섰다. 그러자 바람처럼 빠른 이리스가 앞서서 이끌었다. 대지가 넓게 벌어지자 그들은 물가로 나와 하늘을 향해 높이 치솟아 올라갔다.

두 여신은 저 멀리 제우스가 영원불멸의 신들 중앙에 앉아 있는 것을 발견했다. 테티스가 아버지 제우스 곁으로 다가가자 제우스가 말했다.

"테티스여, 올림포스까지 왔구나. 내가 그대를 부른 것은 헥토르의 죽음과 아킬레우스의 행태 때문에 9일 동안 신들 사이에 다툼이 생겼기 때문이다. 그러니 그대는 아들에게 당장 달려가 내 명령을 전하라. 신들이 지금 화가 나 있으니 헥토르의 시신을 함선 옆에 붙들어 두지 말고 돌려주라고 전하라."

테티스는 올림포스에서 뛰어내려 아들이 있는 곳으로 갔다. 그녀는 주변 동료들이 아침을 준비하느라 여념이 없는데도 여전히 슬픔에 빠져 있는 아들을 발견했다. 그녀는 아들의 이름을 부르며 말했다.

"아들아, 얼마나 더 눈물과 비탄으로 괴로워할 것이냐? 차라리 여인들이나 껴안고 있으면 좋았을 것을……. 그렇지만 내 말을 잘 듣거라. 강력한 운명과 죽음의 신이 너에게 가까이 다가오고 있는 것을 난 알 수 있단다. 그래서 제우스의 메시지를 너에게 전해주려고 한다. 신들은 헥토르의 시신을 잡아두고 있는 것에 화를 내고 있단다. 제우스께서는 프리아모스에게 아들의 몸값을 가지고 아킬레우스에게 가라고 명령할 것이니, 넌 헥토르의 시신을 돌려주어야 한다고 했단다."

그러자 아킬레우스는 제우스의 뜻이 그렇다면 몸값을 가져오면 시신을 돌려주겠다고 했다.

이리스는 제우스의 메시지를 들고 트로이로 날아갔다. 도성 안은 온통 비탄과 통곡의 소리로 가득 차 있었다. 늙은 왕은 자식들에게 둘러싸여 있었다. 이리스는 그에게 다가가 제우스의 명을 전했다.

"나는 제우스의 사자입니다. 올림포스의 주인께서는 멀리에서 당신을 가엾게 생각하고 있습니다. 그래서 당신에게 명하기를 아킬레우스가 좋아할 선물을 가지고 가서 고귀한 헥토르의 시신을 돌려받으라고 하십니다. 그러나 아무도 데려가지 말고 나이 많은 전령 한 사람만 데리고 가야 합니다. 그러면 헤르메스가 당신을 아킬레우스에게 안전하게 인도할 것이라고 했습니다."

프리아모스가 당장에 나서야겠다며 선물들을 준비하라고 하자 아내 헤카베와 자식들 모두가 미친 짓이라고 소리쳤다. 그러나 고귀한 프리아모스의 대답은 단호했다.

"나는 갈 것이다. 누구도 내 마음을 바꾸지 못할 것이다. 내 운명이 부리처럼 흰 그리스 인의 함선에서 죽는 것이라면 그렇게 할 것이다. 사랑하는 아들을 내 팔에 안을 수만 있다면 아킬레우스가 나를 죽게 하도록 내버려 둘 것이다."

프리아모스는 이렇게 말하고 보물 궤짝의 뚜껑을 열고 값비싼 옷과 황금들을 꺼냈다. 그리고 번쩍거리는 세발솥과 가마솥 그리고 훌륭한 술잔도 준비했다. 술잔은 트라케 인들이 그에게 선물한 것이었다.

노인은 아들을 되찾고 싶은 마음에 그의 궁전에 있는 나머지 보물들조차 다 써버리고 싶은 심정이었다. 프리아모스가 떠날 채비를 하자 헤카베가 오른손에 달콤한 와인이 든 황금잔을 들고 나타나 외쳤다.

"검은 구름을 몰고 다니는 위대한 신 제우스에게 안전하게 돌아오게 해달라고 기도를 해요. 그리고 가장 믿을 만한 그분의 전령인 새를 오른쪽으로 날게 하여 당신이 그것을 확인하고 떠날 수 있도록 해달라고 기도하세요."

프리아모스는 손을 씻은 다음 헤카베에게서 술잔을 받아 들고 마당 한가운데에 서서 기도를 올렸다.

기도를 들은 제우스는 자애로운 마음으로 자신의 가장 믿을 만한 전령인 독수리를 날려보냈다. 새가 도성을 지나 왕과 여왕 앞에서 오른쪽으로 날자 모두들 기뻐했다.

이제 노인은 서둘러 마차를 도성 밖으로 몰았다. 따라나선 이들을 모두 되돌려 보내고 혼자가 되었을 때, 제우스는 사랑하는 아들 헤르메스를 불러냈다.

"헤르메스야, 가서 프리아모스를 그리스 인들의 함선까지 인도해라. 그리고 펠레우스의 아들 아킬레우스 앞에 당도하기 전에는 절대 다른 사람들이 보지 못하도록 해야 한다."

신들의 사자 헤르메스는 영원불멸의 황금 샌달을 황급히 신었다. 그것은 거센 바람처럼 돌진하여 무한한 대지와 파도를 가르며 날게 하는 것이었다. 그리고 사람들의 눈을 감겨 잠들게 했다가 원할 때는 깨울 수도 있는 지팡이를 집어 들었다.

헤르메스는 프리아모스에게 날아가 아르고스까지 호위하겠다고 말했다. 이렇게 하여 두 구원자는 마차 위에 올라타고 채찍과 고삐를 휘어잡았다.

헥토르의 시체를 돌려달라고 애원하는 프리아모스

이들은 마침내 아킬레우스의 막사에 도착했다. 뮈르미도네스 족이 자신들의 왕을 위해 지은 막사는 지붕이 아주 높았다. 그리고 둘레에는 말뚝을 촘촘히 박아 널따란 안마당도 만들어져 있었다.

헤르메스는 노인을 위해 문을 열고 선물들을 들여놓으며 아킬레우스가 자신을 알아보게 되면 화를 낼 것이므로 돌아가겠다고 했다. 그리고 아킬레우스의 무릎을 잡고 애원하여 그의 마음을 움직여보라고 당부했다.

프리아모스는 곧장 아킬레우스의 처소로 향했다. 그는 동료들과 떨어져 앉아 있었으며 두 사람이 시중을 들고 있었다. 프리아모스는 아킬레우스 가까이 다가가 그의 무릎을 잡고, 자신의 수많은 아들들을 죽인 무시무시한 남자의 두 손에 입을 맞추었다. 아킬레우스와 그곳의 모든 사람들이 놀라 프리아모스를 쳐다보았다.

"존엄한 아킬레우스여, 나는 그대의 손에 죽은 헥토르의 시신을 데려가려고 어마어마한 배상금을 가지고 왔소. 그대의 아버지를 생각해서 나를 불쌍히 여겨주시오. 난 자신의 아들을 죽인 남자의 손에 입술을 맞추는, 이 지상에서 전무후무한 일을 견뎌 내고 있소이다."

프리아모스의 말은 아킬레우스로 하여금 아버지를 생각하며 울게 만들었다. 그러자 프리아모스도 헥토르를 생각하며 아킬레우스의 발 앞에 쓰러져 흐느껴 울었다.

한참을 울던 아킬레우스는 자리에서 일어나면서 노인을 일으켜 세우고 말했다.

"아, 불쌍하신 분이여. 당신의 용감한 전사들과 아들들을 죽인 자 앞으로 혼자서 오다니, 당신은 강철 심장을 가지신 분이군요. 여기 의자에 앉으시오. 그리고 슬픔은 일단 가슴속에 묻어 둡시다. 신들은 우리의 삶을 그런 것을 견디도록 운명지워 놓았습니다. 제우스의 궁전 바닥에는 커다란 두 개의 항아리가 있는데, 하나에는 불행이, 다른 하나에는 축복이 들어 있습니다. 제우스는 인간들에게 이 두 가지를 섞어서 주기도 하고, 나쁜 것만 주기도 합니다. 그러나 신들은 나의 아버지 펠레우스에게는 날 때부터 훌륭한 선물을 주셨으며 여신을 부인으로 맞게 해주셨습니다. 따라서 재물과 행운으로는 따를 자가 없었습니다. 그러나 불행도 주셨습니다. 그것은 왕위를 이을 왕자가 태어나지 못했으며 유일한 아들인 내가 일찍 죽을 운명을 타고난 것입니다. 난 늙으신 그분을 보살펴 주지도 못한 채, 이곳 트로이에서 당신과 당신의 자식들을 비참하게 만들고 있습니다. 노인이여, 당신도 한때는 강력한 분이셨다고 하더군요. 레스보스 해로부터 프리기아, 헬레스폰트에 이르기까지 광대한 영토를 다스렸다고 사람들은 말했습니다. 그러나 신께서 당신께 고통을 내리시어 당신이 다스리는 성은 끊임없이 전쟁에 시달리며 병사들은 살육되었습니다. 당신은 그것을 견뎌 내야 합니다. 슬퍼한들 아들을 다시 살릴 수는 없습니다."

그러나 프리아모스는 자신의 아들을 보기 전에는 자리에 앉을 수가 없다며 자신이 가지고 온 보물들을 받아주기를 탄원했다.

그러자 아킬레우스는 험한 눈초리로 노인를 쏘아보며, 제우스의 명을 받은 어머니 테티스의 전갈을 받고 헥토르를 내줄 생각을 하고 있으니 자신의 화를 돋우지 말라고 소리쳤다.

노인은 겁이 났으므로 얼른 그의 말에 복종했다. 그러나 아킬레우스는 성난 사자처럼 막사를 뛰쳐나갔다. 그리고 시종 두 명을 거느리고 가서 헥토르의 몸값으로 가져온 보물들을 짐수레에서 끌어내렸다. 그리고 하녀를 불러 시신을 잘 씻고 기름을 발라 잘 싸도록 했다. 그러나 프리아모스가 아들의 시체를 보고 흥분할지도 모르니 절대 보지 못하는 곳에서 해야 한다고 명령했다.

모든 일이 끝나자 아킬레우스는 헥토르의 시신을 자신의 팔로 들어올려서 들것에 눕혔다. 그리고 동료들과 함께 짐수레 위에 실었다. 그리고 나서 사랑하는 친구의 이름을 부르며 울었다.

"파트로클로스여, 하데스의 집에서라도 내가 몸값을 받고 헥토르를 그의 아버지에게 돌려주었다는 소식을 듣거든 화내지 말게나. 그대 몫의 보물도 나누어 주겠네."

238

이렇게 맹세하고 난 뒤 아킬레우스는 다시 막사로 돌아왔다. 그는 노인에게 날이 밝으면 아들을 데리고 갈 수 있게 해두었다고 말했다. 그리고 저녁이나 함께 하자며 숫양 한 마리를 잡았다.

이때 프리아모스는 아킬레우스를 바라보며 그의 위엄 있는 자태와 남자다운 아름다움에, 마치 신과 마주하고 있는 듯한 감동을 받았다.

이어 아킬레우스는 노인을 위한 침상을 마련하도록 명하고 헥토르의 장례를 치르는데 며칠이나 필요한지를 물었다.

프리아모스는 아주 조심스럽게 대답했다.

"당신도 알다시피 백성들이 모두 도성 안에 몰려 있소. 나무를 해오려면 멀리까지 나가야 하는데 모두들 두려워하고 있소이다. 우리는 아흐레 동안은 궁 안에서 헥토르의 죽음을 애도할 것이오. 그리고 열흘째 되는 날 그를 묻고 국장을 열고, 열하루째 그의 시신을 덮을 무덤을 높게 쌓을 것이오. 그러니 열이틀째부터 다시 전쟁을 할 수 있을 것이오…… 싸워야만 한다면."

아킬레우스는 노인의 손을 잡고 그렇게 될 것이라며 안심을 시켰다. 프리아모스와 그의 시종의 잠자리는 막사 입구 쪽에 준비되었으며 아킬레우스는 막사 제일 안쪽에 마련된 잠자리로 갔다. 그의 곁에는 아름다운 브리세이스가 누웠다.

헥토르의 장례

신과 인간들 모두가 고요하게 잠들었으나 헤르메스만은 그렇지 못했다. 그는 어떻게 하면 프리아모스를 들키지 않게 함선 밖으로 인도할 수 있을까를 생각하고 있었다. 그는 잠들어 있는 노인의 머리맡에서 속삭였다.

"노인이시여, 아킬레우스가 그대를 살려주었다고 해서 당신을 죽이려는 무리들 한가운데서 잠을 자는 것입니까? 아가멤논과 다른 그리스 병사들이 알게 된다면 몸값을 세 배로 지불해야 할지도 모릅니다."

노인은 깜짝 놀라 일어나면서 시종을 깨우고 헥토르를 노새 위에 실었다. 헤르메스는 두 사람을 이끌고 재빨리 막사를 빠져나왔다. 그들이 크산토스 강에 이르렀을 때 헤르메스는 올림포스로 돌아가고 프리아모스는 트로이로 향했다.

처음에는 이들을 아무도 알아보지 못했으나 카산드라가 마차 위에 서 있는 자신의 아버지를 알아보았다. 그리고 헥토르의 시신을 보고, 트로이의 백성들에게 이 도시의 위대한 기쁨이었던 헥토르를 맞이하라고 소리쳤다.

그러자 그들은 전부 프리아모스를 맞이하러 성문으로 몰려갔다. 남녀노소를 막론하고 성 안에 남아 있는 사람은 아무도 없었다. 그

헥토르의 시신을 보며 슬퍼하는 안드로마케 | 다비드

죽은 헥토르의 시신 옆에서 한탄하고 있는 안드로마케.

들은 헥토르의 시신을 둘러싸고 울었다. 여인들 중에는 자신의 머리털을 쥐어뜯으며 우는 이들도 있었다.

그들은 시신을 궁전 안으로 인도하고 커다란 대리석 침대 위에 눕혔다. 그리고 그 곁에 애도의 시를 읊을 사람을 배치시켰다. 슬픔에 찬 목소리로 그들이 장송가를 외치자 여인들이 울음으로 답했다. 여인들 중에서는 안드로마케가 헥토르의 머리를 붙잡고 통곡의 노래를 선창했다.

"오, 삶을 끝내기에는 아직 젊은 당신께서 나를 과부로 남겨 두고 가시다니! 아내들과 힘없는 아이들과 트로이를 지켜주시던 당신이 죽었으니 머지않아 이 도시는 파괴되고 우리는 그리스 인들의 함선으로 끌려가게 되겠지요!"

그녀의 울음소리에 맞추어 다른 여인들도 따라 울었다. 그러자 이번에는 헤카베가 슬픔의 찬가를 소리 높여 불렀다.

"오, 가장 사랑하는 나의 아들 헥토르, 살아 있는 동안에도 신의 사랑을 받더니, 지금도 여전히 신들은 너를 보호해주셨구나. 네가 우리와 함께 있다니……. 여기 궁전의 홀에 누워 있는 넌, 아침 이슬처럼 생생하구나. 은빛 화살의 신 아폴론이 부드러운 화살을 쏘아 죽인 사람처럼 말이다."

슬픔에 젖어 통곡하는 그녀의 목소리는 주변을 끝없는 눈물바다로 만들었다. 그러자 세번째로 헬레네가 소리 내어 울었다.

"헥토르여, 내 남편의 형제들 중에서 가장 사랑하는 분이시여! 파리스를 따라 이곳 트로이로 온 지 벌써 20년이 되었습니다. 그러나 지금까지 당신에게서 모욕적인 말이나 비난을 들어본 적이 없습니다. 언제나 따뜻한 말과 태도로 나를 사람들로부터 보호해주셨는데, 이제 이 넓은 트로이에서 나를 친절하게 감싸줄 분은 아무도 없군요. 모두들 나를 지긋지긋해 할 테니까요!"

그녀와 함께 모든 백성들이 슬퍼하는 동안 프리아모스는 헥토르를 장사 지낼 나무를 해오라고 명령했다. 아흐레 동안 나무들을 벌목해 오고 열흘째 되는 날 인간 세상에 빛을 가져오는 새벽이 열렸을 때, 그들은 눈물을 흘리며 헥토르의 시신을 밖으로 옮겨 제단에 올리고 불을 붙였다.

이윽고 장밋빛 붉은 손가락의 이른 새벽이 열리자 사람들은 헥토르의 제단 주위로 모였다. 그들은 먼저 제단 주위에 반짝반짝 빛나는 와인을 부어 불기를 완전히 없앴다. 그리고 동료들과 형제들이 헥토르의 흰 뼈를 주워 모았다. 그들의 뺨에는 뜨거운 눈물이 하염없이 흘러내렸다.

그들은 뼈를 보랏빛 천으로 감고 또 감아서 항아리에 넣은 다음 커다란 구덩이에 넣었다. 그리고 거대한 돌 조각을 높이 쌓아 올린 다음 흙을 덮어 무덤을 만들고 트로이로 돌아갔다.

트로이 인들은 이렇게 헥토르를 땅에 묻었다.

신화와 역사의 보물창고,
일리아스 Ilias 이야기

〈일리아스〉는 기원전 8세기말경 호메로스Homeros라고 알려진 시인에 의해 쓰여진 가장 오래된 그리스 문학작품이다. 총 24권, 1만 5천행의 방대한 작품으로 기원전 13~12세기경 그리스와 트로이 사이에 일어난 전설적인 전쟁 '트로이 전쟁'을 소재로 한 서사시이다.

저자로 알려진 호메로스는 기원전 5세기경의 그리스 역사가 헤로도 토스Herodotos(기원전 484~기원전 425 추정)의 언급에 의하면 기원전 9세기 아니면 8세기경에 살았던 인물로 전해지고 있다. 장님이며 음유 시인이었을 것으로 추측되는 그가 오래 전부터 전해 내려온 트로이 전쟁의 영웅담을 두 편의 서사시로 꾸민 것이 〈일리아스〉와 〈오디세이아 Odysseia〉이다.

〈일리아스〉는 그리스와 트로이 간의 10년에 걸친 전쟁을 배경으로 하고 있다. 이 전쟁이 10년째로 접어드는 시점에서 시작되어 50여 일 동안의 사건을 다루고 있는 이 작품의 주된 내용은 전쟁에 참가한 그리스와 트로이의 영웅들과 사건들 곳곳에 개입하는 올림포스 신들의 이야기로 구성되어 있다.

한편 〈오디세이아〉는 '오디세우스의 노래'라는 뜻으로, 목마를 이용해 트로이를 점령하는 데 성공한 오디세우스와 그의 동료들이 고향, 아티카(이타케)로 돌아가며 겪는 여러 가지 항해 모험담을 그린 것이다.

〈일리아스〉의 줄거리

〈일리아스〉란 '일리움의 노래a poem about Ilium'라는 뜻이다. '일리움(일리오스)'은 트로이의 옛 지명이다. 제목은 이 서사시의 내용을 충분히 보여주지 못하지만 '펠레우스의 아들, 아킬레우스의 분노'라고 시작되는 첫 행에 〈일리아스〉의 내용이 가장 집약적으로 표현되어 있다.

아킬레우스의 분노의 원인이 된 사건은 그리스가 트로이를 공격한 지 10년째로 접어드는 해에서부터 시작된다. 호메로스는 전쟁의 상황을 상기해내며 이야기하듯 풀어나간다.

아폴론의 사제 크리세스가 그리스 인의 포로가 된 자신의 딸을 찾기 위해 금은보화를 들고 그리스 군의 진지로 향한다. 사제의 딸은 전리품을 분배하는 과정에서 그리스 군대의 총대장인 아가멤논에게 보내졌다. 그러나 아가멤논이 그녀를 돌려주지 못하겠다고 하자 그녀의 아버지는 아폴론에게 도움을 요청하는 기도를 하게 되고, 아폴론은 역병을 보내어 그리스 진지를 초토화시킨다.

그리스 군사 중에서 가장 막강한 뮈르미도네스 족의 리더인 아킬레우스는 회의를 소집했다. 그들은 예언자 칼카스로부터 아가멤논이 사제의 딸을 돌려주어야 아폴론의 노여움이 사라질 것이라는 말을 듣게 된다.

그러나 아가멤논은 그녀를 포기하는 대신 다른 전리품을 요구하고 아킬레우스가 이것을 거절하자 두 사람 사이에 격렬한 싸움이 시작된다.

아가멤논은 아킬레우스에게 전리품으로 배분된 여자, 브리세이스를 요구하며 그녀를 데리고 올 때까지 기다리겠다고 한다. 아킬레우스는 아가멤논을 죽여버리고 싶은 분노에 휩싸이지만, 분노를 억누르고 자신과 자신의 군대는 아가멤논이 이끄는 이 전쟁에 참가하지 않겠다고 선언한다.

아가멤논이 사제의 딸 크리세이스를 돌려보내어 아폴론의 노여움은 끝이 나지만, 대신 브리세이스는 아가멤논의 전령에게 이끌려 아킬레우스의 막사를 떠난다.

한편 아킬레우스는 자신의 어머니인 여신 테티스에게 인간과 신들의 아버지 제우스를 설득하라고 간청한다. 아카이아 인(그리스 인)*에게 패배를 안겨주어 자신을 간절히 원하게 하라는 것이었다. 제우스는 아내 헤라의 격렬한 반대에도 불구하고 테티스의 소원을 들어준다.

제우스는 트로이의 늙은 왕, 프리아모스의 아들 헥토르에게 용기를

---

* 트로이 전쟁시 그리스 반도에서 가장 강력한 부족으로 넓은 의미에서는 그리스 인 전체를 가리킨다. 호메로스는 이들을 "아르고스 인" "다나오스 인"으로 묘사했다.

불어넣어 그리스 군사들을 그들의 함선이 있는 곳까지 후퇴시켜 그들을 포위하게 했다. 그리스 인들은 바닷가에 해치와 방어막을 세우고 대항한다.

트로이의 공격에 위협을 느낀 아가멤논은 그리스 군 대장들의 성화에 못 이겨 아킬레우스에게 사절을 보낸다. 사절은 막대한 금은보화를 주고 아가멤논의 딸과 결혼하게 해줄 테니 싸움터로 돌아오라는 아가멤논의 제안을 이야기한다. 그러나 아킬레우스는 단호히 거절한다.

마침내 전쟁은 다시 시작되고 헥토르가 이끄는 트로이의 군대가 해치와 방어막을 뚫고 그리스의 함선에 불을 지른다. 그리스 군의 대장들인 아가멤논과 그의 동생 메넬라오스, 디오메데스 그리고 오디세우스가 차례로 부상을 당한다. 아킬레우스의 가장 절친한 동료 파트로클로스는 아킬레우스의 진지로 가서 슬픈 소식을 전하며 싸움터로 돌아갈 것을 권하지만 그는 여전히 분노하며 가지 않겠다고 한다. 대신 파트로클로스가 아킬레우스의 갑옷을 입고 그의 병사들을 이끌고 전쟁터로 가는 것에 대해서는 반대하지 않는다.

마침내 파트로클로스는 트로이 군을 다시 몰아붙여 후퇴시키는 데는 성공하지만, 아폴론과 트로이의 동맹군 그리고 헥토르에 의해 죽게 되고 그들은 아킬레우스의 무구들을 전리품으로 가져간다.

파트로클로스의 죽음으로 아킬레우스의 분노는 헥토르에게로 향하고 아가멤논과 화해한다. 아킬레우스의 어머니 테티스는 무구를 잃은 아들을 위해 대장장이 헤파이스토스에게 가장 훌륭한 갑옷을 만들어 달라고 부탁한다. 아킬레우스는 이 갑옷을 입고 전쟁터로 복귀한다. 그리고 수많은 트로이 인들과 헥토르를 도륙한다.

헥토르를 죽인 아킬레우스는 시신을 자신의 마차 뒤에 매달고 막사로 돌아와 개와 새 떼의 먹이가 되게 하겠다고 결심한다. 그리고 파트로클로스의 장례식을 성대하게 치르기 위해 그를 추모하는 경기를 대대적으로 거행한다. 그러나 친구를 잃은 슬픔이 복받칠 때면 헥토르의 시신을 마차에 매달고 파트로클로스의 묘를 돌면서 자신을 위로한다.

그러나 신들의 보호로 헥토르의 시신은 훼손당하지 않는다. 신들은 테티스를 통해 아킬레우스에게 메시지를 보낸다. (헤라와 아테나는 반대하지만……) 헥토르의 아버지 프리아모스가 아들의 시신에 대한 몸값을 주면 그것을 받고 시신을 돌려보내라는 것이었다.

아킬레우스는 신들의 메시지를 받아들이기로 마음먹지만 한밤중에 몸소 아킬레우스의 막사에 나타난 프리아모스의 용기에 깜짝 놀란다.

프리아모스 왕은 몸값을 줄 터이니 제발 아들의 시신을 돌려달라고 간청한다. 아킬레우스는 자신의 늙은 아버지를 생각하며 마음 아파한다. 어머니 테티스의 예언에 의하면 헥토르의 죽음에 뒤이어 자신도 곧 죽을 운명이니 자신의 아버지도 아들을 다시는 못 보게 될 것이었다.

아킬레우스는 헥토르의 시신을 돌려주겠다며 프리아모스를 안심시킨다. 그러나 프리아모스는 아킬레우스가 잠든 사이, 그리스 진영을 빠져나온다. 트로이 진영으로 돌아간 프리아모스는 헥토르의 장례를 성대하게 준비한다.

그리고 이 서사시는 '트로이 인들은 말을 잘 길들이는 헥토르의 장례를 치렀다'라는 구절로 마지막 행을 장식한다.

〈일리아스〉의 주인공들

1. 아킬레우스
펠레우스와 바다의 여신 테티스의 아들이다. 테티스는 자신의 아들을 불사신으로 만들기 위해 황천의 스틱스 강물에 몸을 담갔다. 그러나 테티스가 잡고 있던 아킬레우스의 발뒤꿈치는 강물에 닿지 않아 그의 치명적인 급소가 된다.

아킬레우스는 트로이 전쟁에서 가장 용맹한 장수로 이름을 떨쳤지만 전쟁이 10년째 들어서던 해 그리스의 총사령관 아가멤논과 말다툼 끝에 전투에 나가는 것을 거부한다. 그러나 친구 파트로클로스가 자신의 무구를 가지고 전쟁에 나갔다가 트로이의 왕자 헥토르에게 죽임을 당하자 그의 복수를 위해 전쟁에 참여하여 헥토르를 죽인다.

2. 큰 아이아스
살라미스의 왕 텔라몬의 아들이다. 그리스 장군들 중 아킬레우스 다음가는 용사이다. 아킬레우스가 전투에 참가하지 않는 동안 아이아스는 헥토르를 중심으로 무섭게 공격해 오는 트로이 군에 밀려 퇴각하는 그리스 군을 엄호한다. 또한 헥토르와 일대일로 싸우기도 하는 등, 용감하고 당당한 장수이다.

그러나 아킬레우스가 죽은 뒤 그의 무구를 차지하기 위해 오디세우스와 경합을 벌였으나 패한다. 그는 자신의 공적이 무시당한 것으로 생각해 잠시 정신착란을 일으켰다가 제정신이 들자, 전리품으로 받은 헥토르의 칼로 자살한다.

3. 작은 아이아스
텔라몬의 아들 큰 아이아스와 구별하기 위해 작은 아이아스라 부른다. 로크리스의 왕 오일레우스와 에리오피스의 아들이다. 헬레네의 구혼자 중 한 명으로 전쟁에 참가한다. 체구가 작았으나, 움직임이 재빠르고 뛰어난 투창수이다.

4. 디오메데스

튀데우스와 데이필레 사이에서 태어났다. 디오메데스는 수많은 아르고스 인들을 이끌고 트로이 전쟁에 참가하여 큰 공을 세운다. 아테나의 도움으로 여신 아프로디테와 군신 아레스에게 상처를 입히기도 하는 용감한 무장이다.

5. 오디세우스

이타케 왕 라에르테스와 안티클레이아의 아들로 페넬로페의 남편이다. 처음에는 전쟁에 출전하는 것을 거부하였으나, 참가 후에는 그리스 군의 승리를 이끌어내는 무장으로 활약한다. 아가멤논에게 원한을 품은 아킬레우스를 전투에 참가하도록 설득할 만큼, 현명하고 지혜로우며 언변에 능한 장수이다.

6. 네스토르

넬레우스와 클로리스의 아들로 필로스의 왕이다. 그는 트로이 전쟁이 일어났을 때 60이 넘은 노인이었으나, 뛰어난 지혜와 언변으로 모든 사람들로부터 존경받았다.

7. 파트로클로스

메노이티오스의 아들로 아킬레우스보다 나이는 많았지만 어렸을 때부터 함께 자란 친구이다. 아킬레우스가 아가멤논과의 말다툼 끝에 원한을 품고 막사에 있는 동안, 거세게 공격해오는 트로이 군을 막기 위해 아킬레우스의 무구를 입고 출전한다. 트로이 군을 성벽 밑까지 추격하다 헥토르의 손에 죽는다.

8. 안틸로코스

네스토르와 에우뤼디케의 장남이자 아킬레우스의 친구이다. 뛰어난 전사로, 파트로클로스의 죽음을 가장 먼저 아킬레우스에게 전한다.

9. 헬레네

백조로 변신한 제우스와 레다 사이에서 태어났다. 여러 왕들에게서 구혼을 받은 끝에 메넬라오스의 아내가 되었다. 그러나 아프로디테의 도움을 받은 트로이의 왕자 파리스의 유혹에 빠져 트로이로 가게 된다. 10년 동안 계속되는 트로이 전쟁의 원인이 된다.

10. 프리아모스

라오메돈의 아들로 트로이의 마지막 왕이다. 아들 파리스가 헬레네를 데려와 생긴 전쟁으로 인해 엄청난 고통을 겪는다. 그러나 그는 헬레네를 탓하지 않고 언제나 상냥하게 대해준다. 맏아들 헥토르가 아킬레우스의 손에 죽자, 그는 마부 한 사람과 함께 거액의 몸값을 가지고 그리스 진영에 있는 아킬레우스를 찾아가 아들의 시신을 찾아온다.

11. 파리스

트로이의 왕 프리아모스의 아들로, 그가 태어날 때 어머니 헤카베는 횃불이 도시 전체를 불태우는 꿈을 꾸었다고 한다. 이는 트로이를 멸망시키는 불길한 전조라 하여, 그는 태어나자마자 이다 산에 버려졌다. 그러나 양치기들의 손에서 무사히 자란 파리스는 여신 테티스의 결혼식에 던져진 황금 사과를, '세상에서 가장 아름다운 여인'을 주겠다는 제안을 한 아프로디테에게 준다. 그로 인해 파리스는 헬레네를 트로이로 데려가 트로이 전쟁의 원인을 제공한다. 그러나 또한 그리스의 영웅 아킬레우스의 급소인 발뒤꿈치를 쏘아 그를 쓰러뜨린다.

12. 헥토르

트로이의 왕 프리아모스와 헤카베의 장남으로, 안드로마케의 남편이다. 트로이 군의 총대장이자 트로이 군에서 가장 용감한 장수로, 아킬레우스를 대신하여 출진한 파트로클로스를 죽인다. 그러나 그 역시 친구의 복수를 위해 출진한 아킬레우스의 손에 죽는다.

13. 아이네이아스

트로이 왕족인 안키세스와 여신 아프로디테의 아들이다. 이다 산의 요정들이 그를 길렀다고 한다. 트로이 전쟁에서 그리스 군에 대항하여 사촌 헥토르에 버금가는 용맹을 떨친다. 트로이 멸망 후 로마를 건설한 신화적 영웅으로 추앙받는다.

14. 글라우코스

히폴로코스의 아들로, 사촌 사르페돈과 함께 트로이 전쟁에 참가하였다. 그리스 군의 디오메데스와 맞서며, 아킬레우스가 죽은 뒤 그의 유해를 차지하기 위해 텔라몬의 아들 큰 아이아스와 싸우다 죽는다.

15. 아가멤논

아트레우스의 아들로, 미케네의 왕이다. 트로이 전쟁에 그리스 군의 총지휘관으로 출진하였는데, 여신 아르테미스의 노여움을 사 출항할 수 없게 되자 자신의 딸 이피게네이아를 산 제물로 바쳤다. 전리품 분배 문제로 인해 아킬레우스와 말다툼을 하게 되어 전쟁에서 어려움을 겪게 된다.

16. 메넬라오스

아트레우스의 아들이며 미케네의 왕 아가멤논의 동생이다. 헬레네와 결혼하여 헤르미오네를 낳았으나, 트로이의 왕자 파리스가 헬레네를 유혹하여 그녀를 트로이로 데려가자, 아가멤논을 중심으로 하여 그리스 각지에서 군대를 모아 트로이 전쟁을 일으킨다. 파리스와의 일대일 승부에서 이기지만 아프로디테의 방해로 그를 죽이지 못한다.

〈일리아스〉에 등장하는 그리스 신

1. 제우스

그리스 신화의 최고신으로 모든 신과 인간을 다스린다. 크로노스와 레아의 막내아들이다. 아폴론, 아르테미스, 헤르메스, 아테나, 디오니소스, 페르세포네와 같은 신들의 아버지이며, 헤라와의 사이에서는 아레스, 헤파이스토스, 헤베, 에일레이튀이아가 있다.

제우스는 하늘을 지배하는 신으로 천둥과 번개를 마음대로 다루며, 신과 인간의 아버지로서, 인간을 만드는 것이 아니라 권력을 주거나 빼앗는 신이다.

2. 포세이돈

크로노스와 레아의 아들로 제우스와 하데스의 형제이다. 바다를 지배하며, 폭풍이나 순풍을 보내주며, 바닷물로 대지를 감싸고 있어서 대지를 받치는 신으로도 불린다. 포세이돈은 삼지창으로 파도를 일으키기도 하고 잠재우기도 한다.

3. 하데스

죽은 자의 세계를 지배한다. 가혹하고 무서운 신이기는 하지만, 인간이나 신에게 악한 일은 행하지 않는다. 지하에 풍부한 자원이 있어 그것으로 인간에게 부를 가져다준다고 해서 플루톤이라고도 불린다.

4. 헤라

크로노스와 레아의 딸로, 제우스의 누이이자 아내이다. 올림포스의 여신 중 최고의 여신이다. 제우스의 끊임없는 여성 편력 때문에 늘 감시와 질투의 나날을 보낸다.

5. 아테나

제우스와 바다의 신 오케아노스의 딸 메티스 사이에서 태어났다. 메티스에게 태어나는 아들이 자신의 지위를 빼앗을 것이라는 소리를 들은 제우스는 메티스를 삼키지만, 시간이 지나자 심한 두통을 느낀다. 제우스는 프로메테우스에게 자신의 머리를 쪼개달라고 하였고, 이때 아테나가 갑옷을 입은 모습으로 그의 머릿속에서 나왔다고 한다. 전쟁의 여신으로, 지혜와 힘, 모든 것이 뛰어나며 다산과 풍요의 여신이기도 하다.

6. 아폴론

제우스와 레토의 아들로 여신 아르테미스와 쌍둥이다. 역병의 신이면서 치유의 신이고, 궁술과 예언, 음악과 광명의 신이며, 가축의 신이기도 하다.

7. 아르테미스

제우스와 레토의 딸로 아폴론과는 쌍둥이다. 사슴을 쫓는 처녀 사냥꾼이자 활의 명수이다. 사냥과 순결의 여신으로 야생 동물의 보호자이기도 하다.

8. 아프로디테

사랑과 미의 여신으로 크로노스가 아버지 우라노스를 거세하고 그 남근을 바다에 던지자 바다 거품이 일더니 그 속에서 아프로디테가 태어났다고 한다.

9. 헤르메스

제우스와 거인 마이아의 아들이다. 날개 달린 모자와 신을 신고 있다. 여신 이리스와 더불어 신들의 뜻을 전달하는 자이며, 죽은 자들의 혼백을 저승으로 인도하는 신이다. 나그네, 상인의 수호신이기도 하다.

10. 헤파이스토스

불과 불을 사용하는 모든 공예의 신으로, 신들의 무기와 장신구를 만든다. 헤파이스토스는 태어날 때부터 절름발이여서 어머니인 헤라는 그를 올림포스에서 내던졌으나 바다의 여신 테티스와 에우뤼노메가 구해주었다. 이로 인해 트로이 전쟁에서 아킬레우스를 위한 무구를 만들었다.

11. 아레스

제우스와 헤라의 아들로, 전쟁의 신이다. 사나운 성미로 부모의 사랑을 받지 못했다. 같은 전쟁의 신인 아테나와는 달리 계획 없이 불화와 살육을 조장하며 이를 즐긴다. 키가 크고 잘생겼으며 민첩하지만 싸움에 강하지는 못하다. 트로이 전쟁에서 헥토르의 편을 든다.

12. 오케아노스

대지를 감싸고 흐르는 모든 강의 신이다. 우라노스와 가이아의 아들로 누이인 테티스와 결혼한다. 모든 신들의 아버지라고도 불린다.

13. 레토

코이오스와 포이베의 딸이며, 아폴론과 아르테미스의 어머니이다. 질투심 많은 헤라는 레토가 자기보다 더 훌륭한 자식들을 낳게 될 것을 알고는 육지에서는 출산하지 못하게 한다. 하지만 포세이돈의 도움으로 바다에 떠 있는 섬 델로스에서 출산한다.

14. 테티스

아킬레우스의 어머니. 네레우스의 딸로 바다의 님프다. 수많은 신들과 인간들의 구애를 받았으나, 그녀가 낳은 아들이 아버지보다 더 위대해질 거라는 예언 때문에 제우스에 의해 인간인 펠레우스와 결혼하게 된다.

트로이의 목마

트로이 멸망의 원인이 된 오디세우스의 목마는 〈일리아스〉에는 나오지 않는다. 〈일리아스〉는 트로이 인들이 헥토르의 장례를 치르는 것으로 끝이 난다. 오디세우스의 목마는 〈오디세이아〉에 언급되며, 트로이의 멸망에 대해서는 호메로스의 작품 외에 그리스 신화를 다룬 다른 작품들*에서 읽을 수 있다.

헥토르가 죽은 후 트로이는 펜테실레이아 여왕이 이끄는 아마조네스족과 멤논이 이끄는 아이티오피아 인의 도움으로 많은 그리스 인들을 죽이고 승승장구한다. 그러나 파리스의 화살이 아킬레우스의 발뒤꿈치를 맞추어 아킬레우스를 죽게 하자 그리스 인들은 그의 시신을 지켜내기 위해 안간힘을 다한다. 다행히 큰 아이아스가 시신을 적진 한가운데에서 빼앗아 오는 데는 성공하지만, 이후 그리스 진영은 재난에 휩싸인다.

이때 오디세우스와 디오메데스는 칼카스의 예언에 따라 헤라클레스의 활을 가지고 있는 명궁 필록테테스로 하여금 파리스를 죽이게 하고, 트로이의 수호신인, 성스러운 아테나 여신상인 팔라디온을 훔쳐 온다.

그리고 건축가였던 에페이오스에게 50여 명의 전사들이 들어갈 수 있는 목마를 만들게 한다. 오디세우스는 거대한 목마에 전사들을 들여보내고 트로이 인들이 볼 수 있는 곳에 남겨둔 채 테네도스 섬까지 후퇴한다.

* 오늘날 그리스 신화를 접할 수 있는 가장 기본적인 것은 호메로스와 헤시오도스의 서사시, 그리고 아테네의 3대 비극 시인의 작품이며 그 외에 아폴로도로스의 〈신화집〉, 오비디우스의 〈변신 이야기〉 등이 있다.

날이 밝자 트로이 인들은 그리스 진영에 남겨진 목마를 보고 그리스 인들이 귀향하면서 아테나 여신에게 바친 것이라 생각했다. 그들은 성문을 열고 목마를 프리아모스의 왕궁으로 끌고 왔다. 이때 예언의 능력을 가진 카산드라^{**}와 예언자 라오코온은 트로이의 멸망을 예언하며 목마를 가져오는 것을 강력하게 반대한다. 이때 아폴론이 재앙의 메시지로 두 마리 뱀을 보내 라오코온의 두 아들을 잡아먹게 했다. 그러자 트로이 인들은 카산드라와 라오코온의 예언을 무시하고 목마를 아테나 여신께 헌납하는 제를 올리고 그리스 인들이 물러간 것을 기뻐하며 잔치를 즐겼다.

목마에 타고 있던 그리스 인들은 트로이 인들이 잠든 사이 무장을 하고 밖으로 나와 성문을 열었다. 그리고 테네도스까지 후퇴했다가 다시 돌아온 그리스 전사들과 함께 트로이 성을 공격한다. 그리스 인들은 트로이 성의 모든 남자들을 닥치는 대로 학살하고 성을 철저하게 파괴했다. 그리고 트로이의 여인들은 포로로 끌고 갔다.

용맹을 자랑하는 그리스 전사들은 트로이의 전리품을 나누어 가졌다. 헬레네는 다시 메넬라오스에게 보내졌고 예언자 카산드라는 아가멤논에게, 헥토르의 미망인인 안드로마케는 헥토르를 죽인 아킬레우스의 아들인, 네오프톨레모스에게 주어졌으며 오디세우스는 프리아모스의 아내, 헤카베를 얻었다.

트로이 인 중에서 앙키세스와 아프로디테의 아들인, 아이네이아스만

---

^{**} 트로이의 왕 프리아모스의 딸. 아폴론에 의해 예언의 능력을 받았지만 아폴론의 사랑을 거절하자 아폴론이 아무도 그의 예언을 믿지 않게 만들어버렸다.

이 유일하게 탈출했다. 그들은 지중해를 떠돌다가 이탈리아에 도착하여 라비니움을 건설했는데 이들이 훗날 대로마 제국의 시초가 되었다.

〈일리아스〉와 관련 있는 그리스 신화

펠레우스와 테티스의 결혼식

제우스의 사촌인 프로메테우스는 제우스가 감춰둔 불을 인간에게 가져다 준 죄로 코카서스 산에 쇠사슬로 묶인 채 매일 밤 독수리에게 간을 파먹히고 있었다. 그러나 제우스에게 한 가지 예언을 해주고 풀려났다.

프로메테우스의 예언은 수많은 신들이 구애하고 있는 바다의 님프, 테티스에 대한 것이었다. 테티스와 결혼하여 아들을 낳으면 그 아들이 아버지보다 더 위대해지는 운명을 가졌다는 것이었다. 놀란 제우스는 테티스를 인간 펠레우스와 결혼시키고자 했다.

펠레우스의 끈질긴 구혼에 이리저리 몸을 변신하며 도망다니던 테티스는 결국 펠레우스와의 결혼을 받아들였다.

펠레우스와 테티스의 결혼식에는 올림포스의 모든 신과 여신들이 초대되었다. 그러나 불화의 여신 에리스만은 초대되지 않았다. 이에 화가 난 에리스는 불쑥 결혼식장에 나타나 사과 하나를 던졌다. 그 사과에는 '세상에서 가장 아름다운 여자를 위하여'라고 쓰여 있었다.

미의 여신이라고 칭송받는 헤라, 아테나, 아프로디테는 그 사과가 서로 자기 것이라고 싸우며 제우스에게 누가 가장 아름다운지 결정해달라고 강요했다. 아름다운 여신들 사이에서 난감해진 제우스는 심부름꾼 헤르메스를 시켜 세 여신을 파리스에게 데려가게 했다.

파리스는 트로이의 왕, 프리아모스의 아들이었다. 그러나 이 아들을 낳을 때

좋지 않은 꿈을 꾼 왕비는 아이를 산에 버리게 했다. 산에 버려진 파리스는 목동으로 자랐다.

세 여신은 저마다 파리스에게 선물을 약속했다. 헤라는 이 세상에서 제일가는 부와 권력을, 아테나는 용맹함과 지혜를, 아프로디테는 이 세상에서 가장 아름다운 여인의 사랑을 주겠다고 했다.

파리스는 아프로디테의 손을 들어주었으며 결국 다른 두 여신의 분노를 사게 되었다. 따라서 아테나와 헤라는 언젠가는 트로이를 벌하겠다고 결심하게 되었다.

헬레네와 파리스의 비극적인 사랑

목동으로 지내던 파리스는 트로이의 왕자로 복귀하고 외교차 스파르타를 방문하게 되었다. 파리스는 스파르타의 왕이자 아가멤논의 동생 메넬라오스의 집에 9일 동안 머물게 되고, 메넬라오스의 아내인 헬레네를 보고 사랑에 빠지게 된다.

메넬라오스가 외할아버지의 장례식에 참석하기 위해 크레타로 떠나 집을 비운 동안, 파리스는 자신과 함께 떠나자고 헬레네를 설득하고 헬레네 역시 그와 사랑에 빠지게 된다. 결국 그녀는 남편과 자식들을 버리고 파리스와 함께 메넬라오스의 수많은 재물을 싣고 트로이로 떠나버린다. 이때 헤라가 이들에게 엄청난 폭풍을 보내 이들은 시돈을 거쳐, 포이니케와 키프로스에서 상당한 시간을 보낸 다음에 트로이로 가게 되었다.

그러나 어떤 자료에서는 제우스가 파리스에게는 구름으로 만든 가짜 헬레네를 주고 진짜 헬레네는 아이큅토스에게 주었다고도 한다.

헬레네가 도망친 사실을 알게 된 메넬라오스는 형 아가멤논과 함께 트로이를 정벌할 연합군을 구성하여 트로이를 공격하게 된다.

헬레네의 구혼자들

헬레네는 스파르타의 왕 튄다레오스와 레다 사이에서 태어났으나, 제우스가 백조의 모습으로 변한 뒤 레다와 결합하여 낳은 딸이라 하여, 제우스의 딸로 알려져 있다. 너무나 아름다워 어렸을 때 테세우스에 의해 납치되었으나, 테세우스가 하데스로 간 사이에 오빠들인 폴뤼데우케스와 카스토르에 의해 스파르타로 돌아오게 되었다.

그 후 헬라스(그리스)의 수많은 왕들이 헬레네에게 구혼을 했다. 스파르타의 왕 튄다레오스는 오디세우스의 제안에 따라 메넬라오스를 헬레네의 신랑으로 선택을 하고, 만약 메넬라오스가 해를 당하게 되면 다른 모든 구혼자들은 메넬라오스를 돕겠다는 맹세를 하게 했다.

헬레네가 파리스에 의해 트로이로 떠나자 맹세에 참여했던 그리스의 영웅들이 아가멤논의 지휘 하에 아울리스 항에 모여 트로이를 공격하게 된다.

그로 인해 헬레네는 자신의 형제들과 옛남편 그리고 트로이 인들이 격렬한 전투 끝에 죽어가는 것을 보아야 하는 고통을 겪게 되며, 파리스는 아폴론의 도움으로 그리스 최고의 영웅 아킬레우스를 화살로 쏘아 죽이지만 트로이 멸망과 함께 죽음을 맞게 된다.

헬레네는 트로이가 멸망하는 날, 다시 메넬라오스에게 돌아가게 됨으로써 이들의 비극적인 사랑은 끝이 난다.

아가멤논과 이피게네이아의 희생

파리스가 헬레네를 꼬여낸 사실을 알게 된 메넬라오스는 미케네의 왕이며 형인 아가멤논에게 가 트로이를 공격하기 위해 군대를 모아달라고 청한다. 아가멤논은 여러 왕들에게 전령을 보내 과거에 했던 맹세를 상기시키고 전쟁에 참가할 것을 촉구하고, 많은 왕들은 기꺼이 전쟁에 동참하기로 결정한다.

아가멤논의 지휘 하에 그리스 연합군은 보이오티아의 아울리스 항구에서 선단을 집결시켰다. 그러나 바람의 방향이 좋지 않아 선단의 발이 묶였다. 이때 예언자 칼카스가 아가멤논이 아르테미스의 분노를 일으켰기 때문이라고 말한다. 그가 사슴을 화살로 쏘아 맞추고는 아르테미스 여신이라도 이렇게 하지는 못했을 것이라고 말했기 때문이라는 것이다. 칼카스는 아가멤논의 딸 중 가장 아름다운 딸이 여신에게 희생 제물로 바쳐지기 전에는 항해할 길이 없다고 말했다.

아가멤논은 아내에게 아킬레우스와 결혼시키려고 한다고 거짓말을 하고 딸 이피게네이아를 데려온다. 그리고 제단의 희생물로 삼으려 하자 아르테미스 여신이 잽싸게 그녀를 가로채 타우로 인에게로 데려다 놓고 자신의 여사제로 삼고 그 대신 사슴을 제단가에 남겨 두어 희생 제물이 되게 했다.

그리고 마침내 신들이 순풍을 보내어 1000여 척이 넘는 그리스 선단이 트로이를 향해 항해에 올랐다. 아가멤논의 아내, 클뤼타임네스트라는 나중에 이 사실을 알고 남편을 끝내 용서하지 않았다.

호메로스에 대하여

〈일리아스〉와 〈오디세이아〉의 저자 호메로스Homeros에 대해서는 알려진 것이 거의 없다. 기원전 5세기경의 그리스 역사가 헤로도토스가 호메로스가 자신이 살던 시대로부터 400여 년 전에 살았던 인물이라고 언급함으로써 기원전 8세기 중엽 이오니아(소아시아 서해안의 중심 지역)에서 활동한 시인으로 알려졌다.

또한 사람들은 그의 조각상 중에는 눈을 감은 것이 있는 것으로 보아, 눈이 먼 음유시인이었던 것으로 추측한다. 따라서 〈일리아스〉가 처음에는 오늘날과 같은 텍스트의 형태가 아니라 구전되었을 것이나 그가 죽은 후에 현재와 같은 형태를 갖추게 되었으며, 〈오디세이아〉의 뒷부분은 훗날 첨가되었을 것으로 추측하기도 한다.

또한 호메로스는 한 사람이 아니라 여러 사람이었을 것이라는 추측도 있다. 그러나 오늘날까지도 그의 생애와 활동에 대해서는 정확하게 알려진 것이 별로 없다. 그러나 여러 가지 추측에도 불구하고 호메로스는 많은 사람들의 칭송을 받았으며 그의 작품은 2700여 년 동안 여러 언어로 번역되어 전해져 오고 있다.

그리스 시대에는 아이스퀼로스나 소크라테스가 〈일리아스〉와 〈오디세이아〉의 뛰어난 문학성에 감동하여 가장 위대한 작품으로 칭송했으며, 로마의 시인 베르길리우스는 〈일리아스〉와 〈오디세이아〉를 모델로 한 로마의 건국 신화를 소재로 장편 서사시 〈아이네이스Aeneid/Aeneis〉를 지었다.

로마 제국 시대를 거쳐 비잔틴 시대에 이르러 호메로스는 가장 위대한 시성으로 자리잡게 되었으며 르네상스 시대의 페트라르카와 단테, 그리고 셰익스피어, 괴테 등 현대의 수많은 작가와 사람들에게 고대 세계에 대한 무한한 상상력을 제공하고 있다.

신화와 역사의 경계,
트로이 전쟁

트로이 전쟁은 기원전 13~12세기경, 그리스와 소아시아 지역의 트로이 사이에서 일어난 전설적인 전쟁이다. 기원전 9~8세기경에 활동하던 고대 그리스의 시인 호메로스가 서사시 〈일리아스〉와 〈오디세이아〉로 이 전쟁을 생생하게 전해줌으로써 수많은 사람들의 상상력을 자극했다.

따라서 고대 사람들은 이 전쟁이 실제로 있었다는 것을 의심하지 않았다. 그러나 실제로 트로이가 어디였는지 확실하지 않았기 때문에 19세기에 이르러서는 신화로 생각하는 사람들이 더 많았다.

그런데 독일인 고고학자 하인리히 슐리만이 1870년부터 트로이 유적지를 발굴함으로써 두 나라 사이에 충돌이 있었다는 역사적인 근거를 얻게 되었다. 트로이의 유적으로 추측되는 곳에서 엄청난 파괴의 흔적을 발견함으로써 에게 해를 사이에 두고 큰 전쟁이 있었다는 것을 인정하게 된 것이다.

슐리만이 트로이라고 생각한 곳은 현재의 터키 서북부에 있는 히사를 리크 언덕이다. 1871~1873년에 걸쳐 슐리만은 이곳에서 오래된 도시의 유적과 보물 즉, 층층이 파묻힌 7개의 도시를 발굴했다. 당시 사람들은 슐리만의 트로이 발견에 모두 깜짝 놀랐으며 전세계인들 사이에 트로이 이야기가 화제가 되었다.

그러나 슐리만이 발굴한 히사를리크의 유적들은 트로이 시대보다 전 시대인 미케네 시대(기원전 1600~1450년경)의 유물이라는 것이 밝혀 졌다.

그 후 1930년경 미국의 칼 블레건에 의해 트로이 유적지에 대한 과학 적인 재조사가 시행되었다. 그 결과 트로이 전쟁이 실제로 일어났다면 9층으로 이루어진 유적 가운데 기원전 1250년의 것으로 추정되는 제7층 A가 트로이 시대에 해당된다고 밝혔다. 또한 블레건은 이 지층에서 무 너진 성벽과 주춧돌의 위치가 뒤바뀌어 있는 것으로 보아 이곳에 커다 란 지진이 있었을 것으로 추측했다.

따라서 역사적으로 추측되는 트로이 전쟁은 기원전 1250년경 미케네 문명의 주역인 아카이아 인들이 그들의 세력을 동쪽으로 확장하려던 과 정에서 생긴 충돌로 본다. 서아시아 지역에서 지중해 연안 도시들과 긴 밀한 교역 활동을 통해 눈부신 번영을 이루고 있던 트로이와 패권을 다 투는 과정에서 일어난 전쟁으로 보는 것이다.

호메로스가 서사시 〈일리아스〉에서 묘사한 고대 도시 트로이는, 고고 학적으로는 청동기시대(기원전 3000~2000년경)에 유럽과 아시아를 잇 는 통로를 지배하는 전략적인 위치로 인해 번영을 누린 것으로 보인다.

그것은 호메로스의 묘사에서도 느껴지는데, 호메로스는 트로이를 그리스의 폴리스와 비슷하지만 동양적인 색채(예를 들면 프리아모스 왕의 자식들이 50명이나 된다)가 느껴지는 곳으로 이야기한다. 또한 높은 언덕에 거대한 성채를 쌓아 방어 체제를 갖추고 있었으며 성채 안에는 거대한 신전과 아름다운 궁전들이 있는 넓은 영토가 있어, 모든 면에서 그리스 본토보다 훨씬 뛰어난 문명을 가진 곳으로 이야기하고 있다. 따라서 실제로 트로이는 엄청난 부를 누린 도시였을 것이라는 추측을 하게 한다.

그러나 어떤 연유에서인지 기원전 1100년경부터 사람들이 살았던 흔적이 없어졌으며 기원전 700년경부터 다시 사람들이 살게 되어 일리온이라는 이름으로 4세기까지 존속했다.

그 이후에는 페르시아, 알렉산드로스 대왕의 지배를 거쳐 로마 인들이 지배했으나, 324년에 콘스탄티노플이 건설된 이후 사라졌다.

투르크 인들은 이곳을 히사를리크라고 불렀고 하인리히 슐리만이 1870년에 발굴을 시작했다. 1890년 슐리만이 죽은 뒤에도 발굴작업은 계속되었고 도시가 건설되었다가 파괴된 아홉 기(紀)를 나타내는 9개 주요 지층의 순서가 밝혀졌다.

제1~5기는 청동기시대 초기(기원전 3000경~1900)와 일치하며 제6·7기는 청동기시대 중기와 말기(기원전 1900경~1100)이다.

그리고 제7기가 기원전 13세기경 발생한 화재로 파괴된 흔적이 있는데, 이때가 바로 호메로스의 〈일리아스〉에 묘사된 프리아모스 왕의 도시였던 것으로 추정한다. 이후 그리스 인이 처음으로 정착한 것이 제8기이며, 헬레니즘과 로마 시대의 일리온이 제9기인 것으로 알려져 있다.

따라서 현재는 호메로스가 이야기한 트로이 전쟁은 실제로는 그리스 본토의 아카이아 인들이 번영한 도시 트로이를 공격하여 일어났으며, 오랜 전쟁 끝에 지진으로 성벽이 무너지자 트로이를 멸망시키고 폐허로 만든 것으로 추측되고 있다. 그러나 트로이의 역사와 신화에 대한 공방은 여전히 계속되고 있다.

그리스 · 로마 신화에 대한

고대 문헌들

신화를 의미하는 그리스어 미토스Mythos는 이야기를 뜻한다. 고대인
들은 우주의 본질과 초자연적인 불가사의한 현상에 대한 궁금증을 신의
힘이라 믿었다. 그리고 그것을 이야기로 풀어냈는데 그것이 바로 미토
스이다. 미토스는 그리스인 뿐만 아니라 어느 민족에게나 있었다.

미토스와 반대되는 개념은 로고스Logos이다. 즉 로고스는 만물의 근
원을 이성적, 논리적, 과학적 사고로 이해하려는 것이다. 그러나 로고스
는 기원전 7세기경 그리스 철학자들에 의해 형성된 개념이며, 미토스는
그보다 훨씬 전에 그리스 인들의 삶 속에 자연스럽게 받아들여지고 있
었다.

즉 고대 그리스 인들은 신과 인간의 관계, 우주의 본질 등을 비논리적
인 자신들의 이야기로 만들어냈다. 이러한 비논리성 때문에 고대의 학자
들 중에는 허구인 신화를 폄하하며 역사와 확연하게 경계 짓기도 했다.

그러나 고대 그리스 인들 중에는 신화를 사실로 받아들이는 사람들이 많았으며 신화와 역사를 구분하려고 하지 않았다. 따라서 그리스 신화는 시대를 거듭하며 체계적인 형태를 갖추고 전승되었으며 더욱 확대되고 변형되었다.

즉, 호메로스의 〈일리아스〉와 〈오디세이아〉도 그 시대에 갑자기 나타난 것이 아니고 그 이전에 수많은 이야기들이 있었다. 그리고 그것이 오랜 시간을 거쳐 세련된 문학의 형태를 갖추게 된 것이다.

〈일리아스〉와 〈오디세이아〉는 작품의 무대인 트로이 전쟁에 관련된 방대한 "서사시권(圈)" 중에서 하나의 에피소드가 호메로스에 의해 정교하게 만들어진 것이다.

그리스 인들이 다룬 신화의 소재는 다양했다. 트로이 전쟁과 같은 역사적인 사실에서부터 올림포스의 12신, 우주의 창조와 같은 종교적인 것 그리고 영웅들의 모험과 사랑도 인기 있는 신화의 주제였다.

이들 신화를 커다란 줄기로 나누면 세 가지로 분류되는데, 첫째는 〈일리아스〉와 〈오디세우스〉, 〈소(小) 일리오스〉, 〈일리온의 함락〉 등과 같이 트로이 전쟁을 주제로 한 "트로이아 서사시권"이 있으며, 둘째는 〈오이디푸스〉, 〈테바이 이야기〉와 같은 테바이 전설에 관한 "테바이 서사시권"이 있다. 셋째는 헤라클레스의 모험을 주제로 한 수많은 신화들이다.

이들 신화들은 문자가 생기기 전에는 음유시인들의 입을 통해서 전승되었다. 그리고 문자가 생겨나면서는 서사시와 서정시의 형태로 기록되었다. 이러한 과정을 거치면서 신화는 원래의 이야기에 새로운 내용들이 더해지기도 하고 없어지기도 하면서 최초의 상태에서 한없이 변화하며 곁가지들이 만들어져 나갔다.

특히 기원전 5세기경에 활동한 그리스 작가들에게 신화는 상상력의 보물창고였다. 그들에 의해 신화는 다시 새로운 비극으로 재현되어 공연을 통해 그리스 인들에게 전해졌다. 이때 만들어진 신화의 내용들이 그리스 인에게 끼친 영향력은 대단하다. 비극 속의 신화는 송두리째 그리스 인들의 사회 의식을 형성하는 그물이 되었다.

따라서 오늘날 우리가 접하고 있는 그리스 신화들은 내용이 방대할 뿐만 아니라 같은 이야기라도 줄기가 여러 가지이며 시작과 끝이 각각 다른 경우가 많다. 그나마 〈일리아스〉와 〈오디세우스〉가 유일하게 그 시대의 신화를 온전히 전해주고 있는 것 중의 하나이다.

〈일리아스〉와 〈오디세이아〉 외에 오늘날 우리들에게 그리스 신화를 전해주는 원전들과 그리스 비극에는 다음과 같은 것들이 있다.

1. 헤시오도스의 〈신통기Theogony〉와 〈노동과 나날Erga kai Hēmerai〉

헤시오도스Hesiodos는 호메로스에 이어 기원전 8세기 말쯤에 등장한 서사시인으로 그의 작품 역시 그리스 인들에게 큰 감화를 주었다. 〈신통기〉는 천지창조에서부터 올림포스 신들의 계보를 찾아 세계의 생성을 체계화한 작품이다. 우라노스와 가이아의 결합으로 바다와 산의 신들이 탄생된 이야기, 티탄 형제들과 키클롭스, 제우스가 아버지 크로노스를 몰아내고 지배권을 차지하여 올림포스 12신의 역할을 분배하는 이야기 등이 정리되어 있다.

〈노동과 나날〉은 음유시인이면서 농부였던 헤시오도스가 교훈적 의도를 가지고 집필한 것으로서, 농민의 고통스러운 나날과 노동의 귀중함에 대한 자신의 체험을 노래한 것이다. 계절별로 적합한 노동을 설명하기도 하며 원시적인 금기와 미신도 이야기한다. 인간의 고통에 대한 기원과 그로 인해 신에게 제물을 바치는 풍습이 생겨난 이야기들이 있다.

2. 아폴로도로스의 〈도서관〉

기원전 140년경에 활동한 그리스의 학자, 아폴로도로스Apollodoros 의 신화 해설집으로 알려져 있다. 호메로스와 마찬가지로 아폴로도로스 도 별로 알려진 것이 없는데 트로이의 몰락(기원전 1184)에서부터 기원 전 119년까지의 그리스의 역사서인 〈연대기Chronicle〉의 작가로 알려져 있다. 그러나 이 작품은 전해지지 않고 현재 전해지는 것은 〈도서관The Library〉이라는 작품이다. 이것은 그리스 신과 영웅들의 이야기에서부터 지역과 강, 종족, 도시의 유래 등이 간명하게 잘 정리되어 있다. 현재 우 리가 알고 있는 신화는 대부분 아폴로도로스의 것에 곁가지가 붙고 미 사여구로 다듬어진 것이라고 보면 된다.

처음에는 이 작품이 기원전 2세기경 아폴로도로스에 의해 쓰여진 것 으로 말해졌으나 2세기에 쓰여진 것으로 판명이 나서 저자가 명확하지 않다. 그러나 현재 전해지는 그리스 신화의 원전 중에서 신화를 온전하 게 보여주는 귀중한 자료이다.

3. 오비디우스의 〈변신이야기〉

1세기 로마의 작가 오비디우스Ovidius(기원전 43~기원후 17)의 작품 이다. 그리스 신화나 전설 중에서 변신의 모티프가 담겨 있는 이야기들 을 집대성한 것이다. 예를 들면 처녀신 다이아나를 수행하는 아름다운 님프 칼리스토가 제우스에게 유혹을 당하고, 헤라의 저주를 받아 곰으로 변했다가 연인인 제우스에 의해 하늘에 올라 큰곰자리가 된다는 이야기 등등이다. 천지창조에서부터 카이사르의 시대까지 이야기가 연대순으로 나열되어 있는 15권의 대서사시이다. 에피소드 중심의 신화집으로 로마 시대 이후로 오랫동안, 유럽 및 세계 각국에서 재미있게 읽히고 있는 것이다.

4. 그리스 비극

그리스 비극은 기원전 5세기경 아테네를 중심으로 가장 활발하게 전개되었는데 그것은 3대 비극 시인인 아이스킬로스, 소포클레스, 에우리피데스와 같은 뛰어난 작가들에 의해서이다. 이들은 신화의 소재를 그대로 수용하기보다는 작가 나름대로 재해석하여 신화 속의 인물들을 새로이 창조해냈다. 이들에 의해 재가공된 신화들을 살펴보면 다음과 같다.

아이스킬로스Aeschylos(기원전 525~456) 그리스 비극의 창시자라고 할 수 있다. 73편의 비극을 썼는데 지금 전해지는 것 중에서 신화를 소재로 한 작품은 〈테바이를 공격한 일곱 장수〉, 〈탄원하는 여인들〉, 〈결박된 프로메테우스〉, 3부작 〈오레스테이아의 아가멤논〉, 〈제주를 바치는 여인들〉, 〈자비로운 (복수의) 여신들〉 등이 남아 있다.

소포클레스Sophocles(기원전 496?~406) 그리스 3대 비극 시인 중의 한 명인 소포클레스도 123편의 작품을 쓴 것으로 알려져 있으나 현재 전해지는 것은 7편이다. 〈아이아스〉, 〈트라키스의 여인들〉, 〈안티고네〉,

〈오이디푸스 왕〉, 〈엘렉트라〉, 〈필록테테스〉, 〈콜로노스의 오이디푸스〉 등 모두 신화를 소재로 한 작품들이다.

　에우리피데스Euripides(기원전 484~406) 아이스킬로스, 소포클레스와 함께 그리스 3대 비극 시인인 에우리피데스 역시 92편의 작품을 썼다고 하나 그중에서 18편만 전해지고 있다. 〈알케스테스〉, 〈메데이아〉, 〈헤라클레스의 후손들〉, 〈히폴리토스〉, 〈안드로마케〉, 〈헤카베〉, 〈탄원하는 여인들〉, 〈미친 헤라클레스〉, 〈이온〉, 〈트로이의 여인〉, 〈타우리스의 이피게네이아〉, 〈헬레네〉, 〈페니키아의 여인들〉, 〈오레스테스〉, 〈아울리스의 이피게네이아〉, 〈바쿠스의 여신도들〉, 〈키클롭스〉 등이다.